手塚治虫

SF・小説の玉手箱

第3巻

ヒョウタンツギ

樹立社大活字の〈杜〉

ヒョウタンツギ

目次

◉小説

妖蕈譚（ようじんたん）

黄色く色づいたスロープにはウメバチ草やヒヨドリ花が咲き乱れて、山のひえびえとしたたたずまいにかすかに過ぎ去った秋の暖かさを漂わせていた。黒い虫が落ち葉の下でかさこそと音を立て、モズの鋭い声が時折り裸になった梢（こずえ）から梢へ貫いて消えていった。スロープを登る私の靴はすでにしっとりと露に濡れ、時折り、大きな息づかいに白いものが認められたが、それにもかかわらず私の肌はほてって快い動悸（どうき）がたかまっていた。捕虫網（ほちゅうあみ）の柄（え）でクヌギやナラの若い幹を叩（たた）きながら、冬ごもり前の思いがけぬ獲物が仮死状態でころげ落ちたり、慌てて飛び立つのを期待しながら私は進んで行った。十一月の末に虫捕りなんて物好きな！　周囲の冷笑を聊か（いささ）も意に介さなかった。猟には猟の、釣りには釣りの、余人（よじん）にはわからぬ醍醐味（だいごみ）があるものなのだ。

　そしてまったく唐突にそれに出くわしたのだった。

　それはクヌギの根元に半分枯れ葉に埋まりながら、じっと私を見据えていた。見据えていたという表現は適当でない。坊主頭さながらのぬるりとした皮嚢（ひのう）に並んだ二つのくぼみが、あたかも怨念（おんねん）をこめた三（さん）白眼（ぱくがん）さながらに、こちらを向いていたのだ。皮嚢はどこかで膨れ上がった茎につながって支えられており、ご丁寧（ていねい）にも茎の先端は皮嚢をつきぬけて、ちょうど三白眼の下に切断面が豚の鼻のような形を露出しているのだった。このような描写はおそらく、第三者を徒（いたず）らに理解に苦しませるだけに違いない。まさしくそれは不条理を絵にかいたようなしろものだった。強いていえば、瓢箪に豚の鼻と茎をつけた物体、とでもしておこう。色は気味が悪いほど人肌——それもピンク色に上気した赤ん坊の肌に似ていたが、それでいて、その肌には血の通った温かさがまるで感じられなかった。むしろ繊維質の蕈の表面のような植物的な感触だった。——さよう、それはまさしく蕈に違いなかった。世にも珍妙な蕈と、いま、私は対面しているのだ。

私はおそるおそる捕虫網の柄をつき出して、そのピンク色の物体をつついてみた。茎は意外に頑丈な菌糸で土に密着しているようであった。柄でまわりの落ち葉を掻き除けてみると、嚢と茎をあわせた全体の大きさは、ほぼ十七、八センチで、握りこぶしを二つ重ねたぐらいのものだったが、気味の悪いピンク色のために実際の大きさよりはるかに巨大に見えるのだった。そしてそのぶよぶよした皮嚢は、ヨーロッパで珍味とされている松露に似ていた。叩けば破れて胞子がとび出しそうに思えた。私は勇気を振るって、その瓢箪(ひょうたん)形の嚢(のう)を柄(え)でこづいてみた。二度、三度。三度目に思いがけない——いや予想した反応があった。嚢が威勢よく胞子を吹き出したのだ。

その時の不愉快極まる情況を、適切に説明することはできない。

私は一瞬、なにが起こったかよくわからなかった。なにしろ顔一面にガスもろとも胞子を浴びせかけられたのだ。ぶよぶよした嚢の一部

——通常の蕈（きのこ）でいえば傘の裏にあたる部分から、突如として蛸の口のような管が出現して、烈しい勢いでガスを私に向けて放出したのだった。ぶしゅっ、とか、すかっ、とか軽い音と共に、私は頭から肩から、白い粉を浴びてのけぞってしまった。

それにしてもなんという堪（たま）らない匂（にお）いだ！　たとえて言えば、流しの底の、腐った野菜の匂いである。流しが屑（くず）で詰まって何日も水はけが悪い時に鼻を穴へ近づけた時の恐るべき匂いである。いや、真夏日に不衛生な飲食店の裏口を通った時、ゴミバケツから発する、あの言語道断（ごんごどうだん）な臭気そのものである。

私はスカンクにやられた山猫のように両手でガスを払いのけるような動作をし、目がくらみ、はげしくくしゃみをしつつ後方の木に倒れかかった。

青天（せいてん）の霹靂（へきれき）ともいうべき報復だった。

しかも絶大な効果。おそらく世界中の植物を洗いざらい集めても、これほどまでに不快極まる攻撃力を具(そな)えた怪物は居るまい。あの、ドクダミのやりきれない臭気さえ、こいつにははるかに及ばない。私はおそらく、不幸にも、こいつにとって犠牲動物の第一号になったのだ。そいつは放出したあとのややひしゃげた頭——いや嚢(のう)を心持ち傾けて、次の私の攻撃を待っているかのようだった。

私は猛烈に怒りがこみ上げてきた。

私が何をした？　踏みつけにでもしたのか？　火で焼こうとためしたか？　小便でもかけたのか？　この善良な人間に対して何たる無礼(ぶれい)不遜(ふそん)の蕈(きのこ)野郎め。

私は虫を捕るのが道楽なくせに、蜘蛛(くも)が震え上がるほど嫌いである。四、五歳のころ、坂道を転げるように駆け降りていて道いっぱいに張っていた大きな蜘蛛の巣を顔いっぱいに浴びてしまったことがあった。

不運にも、その蜘蛛の巣には生まれたばかりのけし粒のような蜘蛛の子が無数に附着していた。それが、私の鼻の穴といわず口の中といわず、どっととびこんだのである。

それ以来、私はどんな小さな蜘蛛を見つけても顔色を変えてたたき潰(つぶ)す。

いまの心境がそれに似ていた。

私は傍(かたわ)らの石を抱え上げると、高くかざしてねらいをつけ、蕈めがけてたたきつけた。ピンク色のいやらしい物体は、ものの見事に石の下敷きとなった。この急襲にはさすがのそいつも反撃の手が打てなかった。しかも私はその石にとび乗って、これでもか、この野郎と口走りながら、何度もとび上がって踏みつけた。ものの一分もそんな動作を繰り返していた。他人が見れば狂気の沙汰(さた)にうつったろう。一息いれて、私は躊躇(ちゅうちょ)しつつ石をどけてみた。果たして蕈は土にまみれて無残に潰(つぶ)れ、嚢(のう)も茎もぐちゃぐちゃした一塊りの煎餅(せんべい)となり果てていた。それはちょうど私が子ども時代に好んで食べたお好み焼きに似ていた。それは確かに死んでいる。蕈(きのこ)に死んだという言葉は不適当であろう。だが私はそれが蘇生(そせい)するのを恐れ、完全に抹殺するのが私の使命だと確信した。そこで乾いた落ち葉や枝を拾い集めて、お好み焼きのような残骸(ざんがい)に積み上げ、ライターで火をつけた。焔(ほのお)が音をたて、炭焼きの煙さながらに立ち昇ってスロープに流れて行った。もし私が、黒焦げになって火が消えるまで現場に立ち会わずに山を降りてしまっていたら、おそらく火は広がって厄介(やっかい)な事態をひきおこしたかもしれなかった。

帰宅した私は憂鬱(ゆううつ)を極めていた。四畳半のしがないアパート暮らしの私にとって唯一の財産である昆虫の標本箱は、がたびしした押入の上段に、神様のように積み重ねられて鎮座（ちんざ）していた。布団や着替えやガラクタは下段にすし詰めに押し込められ、不潔で黴（かび）臭い匂いを発していたが、標本だけはナフタリンと乾燥剤のお陰で完全に保管されていた。箱の中には私の十数年間の徘徊（はいかい）の賜物（たまもの）が並んでいるのだ。ミヤマカラスアゲハの雌雄型。ダイセツタカネヒカゲ。アカスジキンカメムシ。エゾカタビロオサムシ。千金を積まれても私はこれらを手放さぬし、もしアパートに火災でも起これば、たとえ印鑑や通帳を忘れても標本箱は抱えて逃げるだろう。守銭奴（しゅせんど）が日がな一日金を数えるように、私にとって標本箱を眺めることは日課に等しかった。だが、今日に限ってこの憂鬱さはどうだ。あの蕈のガスのすえたような匂（にお）いがいまだに鼻につき、奇妙なことに、なにをする気にもならぬのである。押入れを開けてはみたが標本箱に手を触れることさえ億劫（おっくう）であった。天然記念物ダイセツタカネヒカゲがどうだというのだ。たかが蝶（ちょう）ではないか。おれはなにを後生大事に一介の虫を貯めて嬉々としていなければならぬのか。その目的を考えるにも、あの蕈のイメージが頭を混乱させてひどく面倒臭く思えた。私は四畳半の真ん中にごろりと寝転がった。天井をしばらく眺めているうちに、私の心の中に大きな空洞が出来て、あのガスが音を立てて吹き抜けるような思いがした。なんのために私は生き続けるのだろう。そうだ、私は仕事をせねばならぬ。そのために郷里を出てこの東京の片隅に落ち着いたのだ。虫捕りなどにかまけている場合ではない。

　私はのろのろと起き上がって傍らの机に向かおうとした。その瞬間、私は目を疑った。四畳半の隅にピンク色の塊りが見えた。それはまだごく小さいながら、歴然とあのふざけた形になりかかっている。ぬるりとした坊主頭のような嚢には二つの凹みと豚の鼻がすでに現われているし、茎からは白い菌糸がのびて畳の目の中に紐のように食い込んでいる。私は茫然（ぼうぜん）とし、無意識に防御の体勢をとっていた。なぜこのような場所にあの忌（いま）わしい物体が現われたのだろうか？私はすぐに気がついた。私は既に無数の胞子を頭から被（かぶ）っていたのだ。信じられないことだが、胞子の一つが畳に落ちて菌糸に生長し、菌体をつくったとしか思えない。湿気と温度の条件がととのえば黴（かび）は畳にも生えるものだ。いずれにせよ私の頭がやつを部屋へ持ち込んだに相違なかった。

　立ち竦（すく）んでいるうちにもそれは僅（わず）かずつ発育を続けているようであった。眼玉のない眼で私を睨（にら）み据えつつ、坊主頭は確かに膨れ上がろうとしていた。おそらくその嚢を包んでいた薄い被膜が菌体の生長とともに破れて、しなびた被膜の名残りが坊主頭にこびりついていた。それは滑稽（こっけい）にも、つぎをあてたようにも絆創膏（ばんそうこう）を貼ったようにも見えた。もし山で受けた腐敗ガスの洗礼のことを無視すれば、この風変わりでユーモラスな物体は、すぐにでも私の仕事に格好なヒントを与えてくれたであろう。

私は玩具デザイナーを志している。気まぐれで移り気なこの業界は、いまやちょっとしたアイデアで億万の富をかち得るのだった。最近のヒットは、あの「猫の手」である。ある業者が猫ブームにうまく便乗して、只の猫の足だけの縫いぐるみをまたたく間に女の子を対象に爆発的に売った。簡単な細工で、猫の足の先がくるっと曲がるようにしたアイデアが女性本能をくすぐったのだ。

玩具メーカーは新鮮な発想に飢えている。そのためには素人であろうと部外者であろうと、アイデアマンを血眼になって探している。幸いにも私は、郷里で昆虫を題材にしたアイデアのいくつかがあるメーカーの公募に当選したので、五年前に上京してきたのだった。だがメーカーの期待にもかかわらず、上京後の私の仕事ぶりはどうもぱっとしなかった。何度かの発想は同業仲間に先を越されてしまい、私に残された手段は少年時代から熱中していた道楽からヒントを見つけるしかなかった。以来、藁（わら）をも掴（つか）むような気持ちで虫を思い浮かべて頭の中でひねくりまわした。今、目の前にある物体は、それこそ天の助けともいうものではないか。

とんでもない！　今の私にそんな頭の回転などできる余裕があるものか！

狂犬のようにキッチンへ突進し、大急ぎで熱湯を沸かす。ぐらぐら煮えたぎるのももどかしく、四畳半へとって返す。蕈（きのこ）めがけてこの野郎とばかりにぶちまける。もうもうたる湯気の中で、そいつは音をたてて煮えくり返り、坊主頭がはじけて鼠（ねずみ）色の腐肉がむき出しになる。

一瞬にして、畳の上は潰（つぶ）れた嚢や茎の残骸（ざんがい）と熱湯で惨憺（さんたん）たる光景にかわる。

私は注意深く物体のすべてを拾い集めて、アパートの裏の下水へ捨てる。あきらかに蕈（きのこ）は死んでいる。下水溝の中でよもや菌糸をのばして再生することもあるまい。

はげしい疲労のまま、無意識に「こけし」のドアをあける。

「こけし」は行きつけのスナックである。ここのママ悠子（ゆうこ）は私より二つ年上だが、丸ぽちゃで無邪気な顔のためにはるかに若く見える。同郷人であるうえに、私の仕事に好意的であるから、私はいつしか彼女に本気で惚（ほ）れていた。一つでもヒット商品を創造したら、その時は正式に彼女にプロポーズするつもりだった。彼女もそれを察するかのようになにかと助言をしてくれるのだ。私は店の奥のいつもの席にぐったりと身を沈めてカウンターの悠子に一部始終を話そうと試みる。だが、この嫌悪感はどうだ。

「リリー玩具の沖田さんから電話があったわよ」

「……」

「この間の蝉がおしっこをかけるアイデアのね、あれ会議で不採用になったって」

「悠子、俺……」

「今夜にでも貴方のところへハッパをかけにいくからって。ねえ、嘱託料もらってるのなら、そろそろなんかいいのを出さなきゃね。それに貴方のものって、大人のオモチャって感じだし」

「そんな話はやめろよ。俺、すっかり参ってるんだ」

「私、貴方って机に向かってるより行動的なほうがむいてると思うの。射手座でしょ。なんかすごい体験をしてそれが仕事に結びつくって人だわ。一カ月ほど私と沖縄へでも行ってみない、私の友達がペンションやってて冬場あいてるの。あら、貴方の頭埃でまっ白よ」

と悠子(ゆうこ)は客がほかに居ないので私の横に坐(すわ)った。

「まあ不潔、黴(かび)みたい」

「いま、俺の部屋に蕈(きのこ)が生えてね」

「冗談いわないで。そうね、一度大掃除に行ってあげてもいいわよ」

「蕈なんだ。そいつが俺にとりついた」

と説明しようと努力したが、私の思考力はまるで溶けたようにさまにならず、億劫(おっくう)さはますます劇(はげ)しく、話はどうでもよくなった。悠子が私の横に寄り添っていることのほうが重要に思えてきた。

「俺、君が欲しい」

と埃(ほこり)だらけの頭を彼女の肩に乗せてつぶやいた。

「君が好きだ……君が欲しい……君と寝たい」

「なに言ってるのよ。昼間っから酔っぱらってるの？」

「酔ってれるら、こなら店んか来るるもんか」

私は舌さえ動かすのが面倒になり、語彙まで思い浮かばなくなった。

「俺しらふ。悠子、俺今君結婚、俺決心此処行動」

やがて口も開閉が億劫になって、手っとり早く彼女の胸へ手をかけた。流石に悠子も私の異常に気がついたらしく、「いやっ」と叫んで身を引いた。「お店開いてるのよ！」

私は蛞蝓のようにのろのろと、つかまえた悠子の豊満な胸のスーツのボタンをはずしにかかっていた。彼女は金切り声をあげて私から逃れようともがいた。突然、私の思考は戦慄に変わった。頭上からなにかが落下して彼女の顔にぶちあたったのだ。あの腐った野菜の匂いが私の鼻を襲い、悠子の頭は、私同様に白い胞子で灰神楽を被ったようになった。

足元に転げ落ちたのは、まぎれもなく、忌まわしい瓢箪蕈の幼体であった。

私は反射的に天井を見上げた。壁から天井にかけて菌糸がモザイク模様に張りめぐらされ、そこに、さらに三つの嚢がぶら下がっているのが見えた。

「ぎゃっ」と叫んで私は跳ね起き、テーブルの上の灰皿やコーヒー茶碗や砂糖壷を、手あたりしだいに瓢箪蕈めがけて投げつけた。悠子は白い粉を被ったまま唖然として蕈と私とを見比べていた。投げたものが蕈のどこか急所に当たったらしく、ぶすっ！　といったような音をたてて、嚢の下の突起から、あざやかに白い煙が吹き出した。その臭気を浴びる寸前、私は脱兎のように店から逃げ出していた。

もう悠子のことも、仕事のことも念頭になかった。ひたすら、恐怖にかりたてられ、再び私のアパートめざして走り続けた。

自分の仕事部屋へ、やっとの思いでころげ込んだとき、私の見た光景は悪夢に近いものだった。

　四畳半の部屋は天井といわず壁といわず、蜘蛛の巣のように菌糸で覆われていた。仕事机の上や座布団までが白い糸の餌食になっていた。そして——何十、何百とも知れぬ大小さまざまな嚢が、その糸のあちこちから膨れ上がり、ぶら下がり、揺れていた。なかには歴然とうつろな目や豚の鼻ができあがったやつもあった。それより不気味なのは、部屋の真ん中でうごめいて

いる白い得体のしれない生物だった。次の瞬間、それがからだじゅうに胞子と菌糸の洗礼を受けた人間だということがわかった。よく見ると、その物体には見覚えのある顔があり、おびえきった悲しげな眼がついていた。彼は糸を引いた嚢を三つ四つぶらさげた腕で、ゆっくり私を指さした。

「これは……これはひどい！　いくらなんでも、こんな不潔きわまる部屋に住んでいるとは。あらかじめ教えといてくれてもいいでしょう」

「今朝まれ、こうじゃなかったんらす」

私は抗議しようと努めた。

「そんなら計画的にですか。私が行くことはこけしのママに知らせておいたはずです。はっ、はっ、なんですかこの流しの匂いは！」

「俺ちがう、俺整頓清潔、あんた体臭口臭強かるら、蕈はびこる。俺部屋汚すあんた責任、さっさら出れろ」

これだけ言葉を思い出してならべるのに三分もかかった。

「わたしゃ、課長の指示で来たんだ」

沖田は悲しげな声をふりしぼって叫んだ。

「貴方(あなた)はうちの嘱託(しょくたく)だろう。ろくに企画案も出さんのに、私を追い払おうとこんな嫌がらせを、はっ、はっ、するとは、さてはうちと手を切るつもりなんだね、思い上がりだ、どこと新契約しようが怖くないよ、あんたにはもともと独創性などないんだ、ふがあ」

彼の尖(とが)った鼻へ菌糸がのびて、その先にぶらんとちいさな嚢がぶら下がった。そんな彼を見てるうちにますます腹がたってきて、私はリリー玩具(がんぐ)になにか痛烈な悪口を浴びせてやろうと考えたが、何一つ単語が頭に浮かばないばかりか、異臭に吐き気を催し始めた。そこでやにわに傍(かたわ)らの座布団をとって沖田に投げつけた。白い粉が一面に飛び散る中で沖田は眼を白黒させてもがいた。彼が広目天(こうもくてん)のような形相(ぎょうそう)で壁の蕈（きのこ）をひきちぎって私に投げつけたのと、私が猛烈な臭気に悶絶（もんぜつ）したのと同時であった。

私のアパートの、三階建てのすべての部屋に、あの蕈が蔓延（まんえん）して、建物全体が菌糸で覆われたのは、それからたったの一週間だったそうである。

最初に胞子を持ち込んだ私ばかりの責任じゃない。真っ白になった沖田が廊下じゅう駆けまわって、管理入室や階段に胞子をばらまかなければ、こんな事態にはならなかった。

現在、スナック「こけし」も菌糸と瓢箪蕈（ひょうたんきのこ）に包まれて、ろれつのまわらなくなった悠子（ゆうこ）が同様の客達と、いとも平静に毎日を過ごしている。「こけし」どころか私の町内全部に蕈がひろがってしまっている。

それだけではない。沖田がリリー玩具（がんぐ）へ胞子を持ち込んだために、リリー玩具が蕈でふくれあがって営業がストップしてしまった。それから十日たって、江東区全体が菌糸に覆われた。やがて、千代田区も中央区も、国会議事堂も警視庁も、蕈でいっぱいになるでしょうと、NHKのアナウンサーが、ろれつのまわらない舌でニュースを読みあげた。

日本じゅうの人間がほとんど思考力を失い、無気力でしらけた気分になりかかっていた時、政府からある発表があった。なんでも私の行きつけの山にさる大企業の研究施設があって、そこの遺伝子工学ブロックから、遺伝子組み替えで作った新生物の胞子が管理ミスで外界へ漏れたのだとか言っていた。どういう性能の新生物かは発表されなかった。ま、そんな発表はどうでもいいし、興味もない。今の私達は、今の生活でけっこうハッピーなのだから。

踊り出す首

1

全(まった)く、あの時許(ばか)りは、僕もぞっとしてしまった。

この物語りは、遠く二年半前の昭和十六年の六月に始る。

僕は、初夏の或(ある)日曜日、からりと晴れ渡った空に暖い太陽の光を浴び乍(なが)ら、何時(いつ)もの通り裏山へ昆蟲(こんちゅう)採集に赴(おもむ)いたのだった。

春から夏への移り目で、棲息(せいそく)して居る昆蟲は非常に豊富であった。

僕は時のたつのも忘れて、最上の趣味に思う存分ひたったのであるが、その行路の途中、僕はふと化物屋敷の方面へも久し振りで寄ってみようという氣になった。

今こそ化物屋敷の附近は人家も立ち竝び、花園や畠も多く耕られて居て決して變な所ではないが、其の頃の其處は、實に殺風景な、さみしい所だったのだ。

山のほゞ中程をうねり曲って、墓場へつづいて居る一本路。その一本路を麓から二、三町上った所に小さな森があり、そこゝこに白い石材がころがって居て、深い道草に半分程うずもれかかって居る。その中に、一軒とり殘されたようにぽつねんと化物屋敷がたって居た。

生檀はくずれ、家は雑草の生えるにまかせ、見るからに奇怪な屋敷であった。僕は小さい時父と共に此處らへ散歩した時、眞赤な顔をして、父の側にかくれるようにして家の他を通った事を覺えて居る。

時々其の家に不思議な噂の立った事もあった。家の窓が朝の一時だけ開いて居るとか、夕方其處を通ると、中から太鼓を叩くような音がするとか、迷信や流言に僕等はぞっとしてしまった事もあった。

しかし、僕が昆蟲採集を始めて以來、裏山の諸方を歩き廻るようになって、其處が實に素晴らしい昆蟲の棲息地であるとわかると、其處が氣持の悪い場所であるなどという事は九割九分まで忘れてしまって、屢々其處へネットを振いにやって來た事が少くなかった。が、其處へは決して夕方には赴かなかった。太陽が沈んでしまうと、又僕の心は晝間と變って來るからだった。

話は横道にそれたが、其の日も、午前だったので、其處へは大威張で行く事が出來た。そして半分くさりかけた門の脇へ、腰を据えて獲物を待ったのである。

其の日の其の場所での収獲はもう忘れてしまった。が、兎に角、美しいカラスアゲハを始め多数の珍品が飛來して、二時頃までに相當(そうとう)の採集品があった事だけは記憶して居る。僕は其の時きっと大満足だったろう。

日が相當傾き始めた頃、僕はやっと腰を上げて、歸(かえ)ろうと思った。すると突然、森の中から何か忘れたが素晴らしいものが飛出して來て、網を振る暇も無く、向い側の生檀(くね)を越して化物(ばけもの)屋敷の中へ入ってしまった。

次の瞬間、僕は門を開けて飛込んで行った。そして、途端に、僕が化物屋敷の中へ無断で入ってしまった事に氣(き)がついた。見ると、さきの大物はとっくに屋敷の上空を横切って、後の森へ入るところであった。もうどうしても間に合わない事を知ると、僕がげっそりしたのも無理でない。

僕は網を持った儘(まま)、ぐるりと屋敷内を見渡した。大部分が平坦な庭で、周圍には色々の樹木が植わってあり、奥には家屋があって、軒のくずれた所から、ペン〱草が顏を出して風にゆれて居る。

松蟬が、近くで一しきり鳴きだした。

僕は廣い庭をぐる〱廻って見た。別に變った點もなかった。で、少し大膽になって井戸端の方まで進出して行った。と、其處で僕は異樣なものを見た。

　僕は始め木の枝だと思った。木の枝が風の爲吹きとばされて、井戸端のふたの間へはさまったのだと考えた。が、よく見るとそれは木の枝ではなかった。ボコ〱にくさって、半ば白くなりかけている一匹の蛇だったのだ。僕はもう少しで逃げだす所だった。

　勇氣を振い起して近寄ってみると、蛇の死骸はふたの間へ首をはさまれた格好で、長い體には、蠅が一杯たかって居た。

　と、どう血迷ったものか、蛇の近くに一匹のヒラタクワガタがさまよって居るのを見出した。六月というのに、何と早く發生したものか。僕は手早く、彼を掴んだ。毒壺へほうり込んだ。何だかヒラタクワガタが、蛇の肉をたらふく食って、體の中は腐った物質で一杯であるように思えたからだ。

クワガタをとるや否や、僕は其の蛇に一瞥を與えて逃げるように此の門を出た。家へ歸り乍らも、あの蛇の首は切れてとんで僕の足もとにでもころがって居たかも知れないなどと思った。

歸宅後採集品の整理の際、毒壺の中を調べたら、クワガタはまだ生きて居た。彼のうつろな眼はうらめしそうにじっと僕をみつめて居るような氣がし、半死半生で弱々しく手肢や觸角を震わせて居るのを眺めると、可哀そうな事をしたと今更乍らくやんだ事であった。

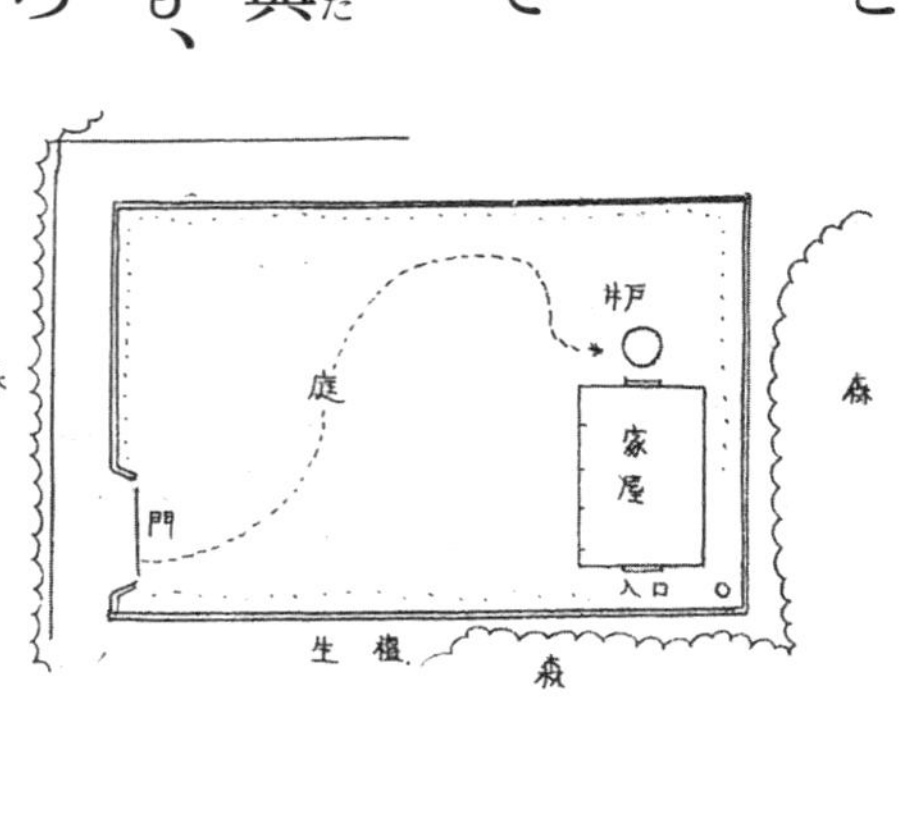

2

それから一箇(か)月後、其(そ)の時のクワガタはちゃんと標本になって、僕の標本箱の一隅を陣どって居(お)り、僕もそれが自慢だった。彼の體軀(たいく)の大きい事と標本として完全な事と、そして發生(はっせい)時期が早い事とは、僕を充分誇らしめるに足り、又目立って居たのだ。甲蟲(こうちゅう)全部を比べて見ても、彼と肩をならべる蟲(むし)は殆(ほとん)ど居なかったのだ、彼はまさに、僕の標本中の大関格でもしめる位の威望があった。

が、そのような誇りの中にも、僕は此(こ)のクワガタを見るたびに、何か知らぬが不安な、妙な氣持(きもち)におそわれて、胸がときめくのを感じるのだ。彼が、何か深いうらみを僕に向って訴えて居るように、彼は僕を見据えてじーっとしているのだ。

彼の體内には、きっとまだあの蛇の腐肉が殘って居るのだ、蛇の怨魂が宿って居るのだと、僕は飛んでもない事を考えたりした。

そうして居る間にも、僕の所有甲蟲の数はます〳〵増して行った。そして、相當前のは、新しく加入されたものよりも、ずっと色が淡くてよごれていて、かびが生えたりし、破損したものが多くなった。が、彼のクワガタだけは何時までたっても一向古くならず何時もみず〳〵しく捕らえたまゝの姿で、寧ろ體面に汗のようなものまで出て一層つやが現れたようだった。

そして、そのクワガタの事が次第に記憶の中に薄らいで行くと、そろ〳〵奇妙な事が起り始めたのであった。

3

或時(あるとき)はクワガタの入って居る箱が別に揺(ゆ)れもしないのに、暗闇(くらやみ)で突然(いきなり)バタン!!　と音をたてて倒れた。たんすの上へ上げて、立てかけて置いたのが、鼠(ねずみ)か何かにつき當(あた)ったのだろうと思った。

幸(さいわ)いに箱は壊(こわ)れなかったが、中に入って居た標本はすべて飛上って目茶〳〵になった。中でも、僕がせっかく大事にして置いたタマムシが二匹共(とも)頭のもげて失敗(しま)った事に氣(き)づいた時は、僕は全く悲観(ひかん)してしまった。

又或る時は、クワガタが標本箱の中で針が抜けて、その附近の標本の上へ落ちかかってすっかり駄目にしてしまった事もあった。

そして、其(そ)の上、あれ程がんじょうであったヒラタクワガタの首が、まるで糊付(のりづ)けでもしてあったかのように、ぼろりと離れてしまった。

僕は殘念(ざんねん)だったが、どうも致し方が無かった。別々になったヒラタクワガタの首と胴とを集めて、甲蟲(こうちゅう)のほかのと共に一箱にまとめ、なる可く早くゴムを手に入れて修理しようと思った。しようしようと思って居る中に、秋になって、氏神様のお祭りが近づいた。

4

秋の氏神様の祭りの晩の事だった。それは寒い日で、朝からぶっ續けに鳴って居た神社の森のお囃しも、晝からの寒い風に吹き飛ばされたようにやんでしまった。祭りには思えぬ程の靜かな晩だった。僕は晩飯の後、二階の標本室へ上って椅子に腰をかけ、一人回想に耽って居た。目の前には、クワガタや、其他破損した甲蟲をごちゃごちゃに詰めた箱がころがって居た。あれから、標本の修理や整理をしようしようと思い乍(なが)らも、材料が足らぬためつい其(そ)の儘(まま)になって居たのである。僕は見るともなしに、箱の中のクワガタに目をやった。すると、色々な思出がまざまざと、頭に浮んで来た。化物(ばけもの)屋敷のこと、化物屋敷の中に入って居た蛇の事、蛇にまつわりついて居たクワガタの事、不思議な思出は、僕の頭の中を、廻(まわ)り燈籠(どうろう)の様(よう)に行過ぎて行った。

僕はふと、ある怪感(をかん)に襲われた。そして箱の中のヒラタクワガタの首を凝視(ぎょうし)した。

そして、ぎょっとなった。

——浮(うか)れ出すクワガタ——

とも言おうか。

箱の中のクワガタは、クワガタの首は、たしかに動いて居たのである。僕は茫然(ぼうぜん)として首をみつめた。

そのクワガタの首は、首といっても前胸背の所まであったので、前肢が二本、展肢したまゝの調子のとれた格好で附着して居たのだ。そして、その首は二本しかない前肢を振って、調子をとって踊り出したように見えたのだ。

が、それは幻想に過ぎなかった。が、併（しか）し、首はたしかに動いて居る。ごく小刻みに動いている。と、僕の耳にかすかな、ごくかすかな、太鼓（たいこ）の響きが、傳（つた）わって來た。

それは、晩になって、再び囃（はや）し出した氏神（うじがみ）様の太鼓だったのだ。が、僕にはそれがあの化物屋敷から、時折響いてくるという怪音のようにしか思われなかった。

箱の中のクワガタの首は、其の音の鳴り出したのを喜ぶかのように、動き始めた。まるで、魂でも入ったように、今迄（いままで）箱の縁に斜に立て掛けていたのがぴょこんと立上って、太鼓の音（ね）に合せて少しずつ動き出したのだ。

太鼓(たいこ)が強くなる時は、彼は跳ね上るように強く飛上った。そして太鼓が流れ音になった時は、彼は辷(すべ)るようにして動き廻(まわ)った。うす暗い電燈(でんとう)の下で、太い角(つの)や長い肢(あし)を振り立てて、震えるように動き廻るクワガタの姿は、さながら惡魔(あくま)の饗宴(きょうえん)だ。死の舞蹈(ぶとう)だ。

彼は箱からころげ落ちて、疊(たたみ)の上で立った。そしてせわしげに動き廻った後、太鼓が止(や)むと、じっとして動かなくなった。

祭りは三日つづいた。このクワガタの首の奇怪な動作は、三日間ともつづいた。


この奇怪事の正體(しょうたい)はすぐ判った。賢明なみなさんは、もうきっと御承知の事と思うが、それは、即ち、太鼓の響きによってクワガタが動いただけの話なのである。

みなさんはきっと、山鳴りなどが聞えた時、障子などが妙な音を立てて震えた事を御記憶だろうと思う。あれは共鳴作用という現象である。近くに、何も邪魔物のない處（ところ）だと、この現象がごく明確に起ってくる。そして、その原心たる音の中心が近ければ近い程、その響きは大きくなってくるものだ。

丁度（ちょうど）、クワガタの場合は、それだった。家のすぐ近くの氏神様（うじがみ）での太鼓だから、その響きが、邪魔物のない、家の二階まで響いて來た。そして、極（ご）くわずか、感ぜぬ程度に疊（たたみ）が上下に揺れた。若（も）しかしたら、クワガタだけに感じたのかも知れない。只有一（ママ）物だけにしか感じないというのは、共鳴作用の面白い特徴である。

兎（と）に角（かく）、クワガタが動きだしたというには、そういう外因があったからだ。僕がこれを考え出した時、僕はふとある怪談を思い出した。

それは、或（あ）る家の仲の惡（わる）い姉妹が死ぬと、その二つの墓碑は、毎朝々々、共に後を向いて居るというのだ。

そこで、或る強い人が、狐でも退治る積りで夜通し頑張って居た。併し、夜中の間は、何も異變がなかった。夜明になると、隣りの米屋で米をつく音がヅシンヅシンと聞こえて來た。するとそれに合せて二つの墓碑が少しずつずれて來て、丁度つき終った時分には丁度後向きになるまで廻って居た、という話だ。これも確かに共鳴作用の一種である。僕はクワガタが、この話によく似て居ると思った。

哀れなクワガタは翌朝即刻埋められた。今はきっと彼は土の中で、安らかに消えて居るだろう。今年も、またお祭りがくり返って來た。太鼓の音を聞き乍ら、僕は昆蟲の思い出話としてなつかしく思い乍ら、此の文を綴るのである。

（終）

うしろの正面

S・F・Fancy Free

「もう　いかなる手段をもってしても　観客を動員することはできん!!」
NG・N撮影所のゼン社長は　サジどころか　ハシもスプーンも投げだしていた
「超立体ミラクル・ライド・シネラミック・スーパーベラボースコープも　なぐられた痛み　殺された苦しみさえ味わえる五感映画にしたところで　もう客の興味をつなぎとめることはできん　このままの状態では　秋には無配を通告しなけりゃならん!!」

ゼン社長のセットのような頭を非常手段のアイデアが横ぎった
「そうだ　五十年まえに『世界残酷物語』なんてのがヒットしたっけ
『切腹』なんてのもあったな　残酷芸術　こわいもの見たさの心理
これだ　お客を入れる決め手はこれにかぎる」
かくて　N G・N撮影所の緊急ラインナップに『宇宙残酷物語』が
浮かび上がった
よりぬきの撮影遠征隊が光速ロケットで出発した
シリウス35番星では結婚したてのシリウス人のメスが　オスをフライにあげてたべてしまう風習をとった
プロキオン第5惑星では　生まれてから死ぬまで　休みなくコークスをたべつづけて　ついに胃袋が破裂して一番早く死んだものが勝ち

というゲームを撮影した

つまらないのは　アルゴー座3番星の生物のナメクジのようなもので　年じゅうじっとしていたから　塩をぶっかけてとけるところを撮影した

カペラ4番惑星は地球にそっくりの星だった　ここには宇宙でも指おりの残酷人種が住んでいるといううわさだ

「ここがクライマックスになりそうだぞ」

撮影隊がロケットからおりたとたん　とんでもないことが起きた　ロケットが安定を失って横倒しになったかと思うと　三千メートルもある谷底へ　ころげ落ちてしまったのである

「ああ　もうだめだ　あのロケットには　撮影材料がすっかり積みこ

んであるんだ」
「撮影どころじゃないぞ　いったい　おれたちはどうやって地球に帰る？」

みんな　オイオイ泣きだした
予期にはんして　カペラ人は全然姿をあらわさない
残酷このうえなき相手というだけに　見つかりしだい　なぶり殺しにあうものと　ひやひやしていた男たちは　ひょうしぬけした形である　だが　とにもかくにも　この星でまかりまちがえば骨を埋めることになりそうだ
さいわい　わずかな水と植物を見つけた　男たちは　集団ロビンソン・クルーソーの生活を始めた
それはまったく『月は地獄だ!!』どころの騒ぎではない　なにしろ

文明の利器と名づけるものが何ひとつないのだ
男たちは血まなこになって星の上をあさりまわった
おかしなことに　ある場所へくると　なぜかまえへ進めないのだっ
た　そこは　透明なかべのようなものでさえぎられていた　その正面
はるかに　ギラギラした丸いものが空中に輝いている　といって　そ
れは太陽みたいなものではなく　なんとなく　空にぽっかりあいたあ
なみたいなものに見える

二十年たった
今はすっかり野生生活にもどった男たちは　ギラギラと目をひから
せながら　自分の見つけたたべものを　他人にかくれてこっそりたべ
すきがあれば相手をぶち殺して食料にしかねないありさまだった

三十年たった
ある日　大地震が起こった
かと思うとなんという奇跡!!　目のまえに　三千メートルの谷底か
ら　ロケットが――三十年まえのままの姿で――蒸気に吹きあげられ
てきたのだ
「おーっ!!　ロケットだぞ!!」
男たちの目に　とたんに人間らしさがよみがえってきた
おぼろげな三十年まえの記憶をたよりに　どうやらロケットを発射
させることができた　あとはもう　ただ地球の上で　死にたい　それ
だけでいい
「おや　こんなものがあるぞ」
「おかしいな　おまえ　見おぼえがあるか」

「ないな　こんなフィルムはロケットにのせなかったはずだがな」
「なんだ　紙きれがついているじゃないか」

――親愛なる地球星のＮＧ・Ｎ撮影所諸兄よ　おかげで諸兄の三十年間の（地球流にかぞえて）生活記録をとらせてもらいました　わが社はこれに『人間』と表題をつけて封切ったところ　その残酷な迫真力が圧倒的にうけて大ヒットをつづけ　また本年度の芸術祭賞もとりました

諸兄のご協力を感謝します　なお　その出演料といってはなんですが　フィルムプリントを一本贈呈いたします　これを地球星で上映すれば　おそらく空前の大ヒットになるでしょう　その興収は諸兄にさしあげます

とにかく　おたがい映画界は不振でして　わが社もこんな企画をの

せなければならなかった実状をご容赦願います

　　　　　　　　カペラ第4惑星ブダルーポ撮影所長拝

NG・N撮影隊員諸兄(しょけい)

(二伸)なお　本映画の主題歌を作りましたが　左のような哀愁にみちたものです

「かごめ　かごめ　かごの中の鳥は　いついつでやる……………」

そこに指が

S・F・Fancy Free

1

朝から　神父は鍛冶屋(かじ)のようにいそがしかった
なにしろ　ひっきりなしに罪深き小ヒツジたちがやってくるので
懺悔室(ざんげ)にはいりっぱなしなのである
最初は　昨夜出張した夫の留守に　若いツバメをひっぱりこんだ官(かん)
吏夫人(り)であり　おつぎは時計屋へしのびこんだ三人組の強盗諸君であ

り　三人めは洗濯屋のひとり娘をめぐり　あさはかにもライバルを農薬で毒殺しようとした青年　四人めはひき逃げのトラック運転手　五人めは………

「主よ　ひとやすみすることを許したまえ」

と神父は　三時間もおそい昼食にとりかかった　いったい　なんの奇跡が起こったのだろう　だれも彼もいうことは同じだった

——私は突然気づいたのです　だれかが私をじっと見つめているのです　どこから見ているのかはわかりませんが　それからというもの私は監視されっぱなしです　恐ろしくて　恥ずかしくて　とうとうここへ　やってまいりました——

「それこそ　主の目なのでしょう　われらに負い目あるものを　われらが許したるごとく　われらをも許したまえ」

神父はなぐさめたが　官吏（かんり）夫人の体験はすこしちがっていた　彼女は突如として目の前の空間に　得体の知れない何かの姿を見たというのだ

「なんだか形の定まらない　ゾッとするようなものでした」

「神の姿を見たのでは？」

「いいえ　まるで肉のかたまりみたいな……いやらしいったら……まるで……」

神父はあわてて十字をきった　悪魔？　ばかげたことだ!!　しかしなぜ主は突然　このような奇跡をお示しになったのだろうか　もしや人類の終末が間近いのでは？　それともこの町の人間がエリートとしてとくに試練をうけたのでは？

神父は急に　ある視線を身近に感じた

「おお　主よ!!」彼は床にひざまずいた

「なぜ　私をそんなにお見つめになるのですか？　私に何をせよとお命じになるのですか？」

神父は必死に祈った

2

Ｃ病院では代診（だいしん）や婦長まで動員して　押しかけるノイローゼ患者の診察にてんてこまいである。

「その大部分が強迫（きょうはく）神経症なのです　つまり注視妄想症（ちゅうしもうそうしょう）ってやつでいつも自分がだれかに監視されていると思いこんでいるのです」

院長が汗だくになって記者に説明している
「幻視や幻聴もともないます」

「しかし　一度にこんなに同じのが押しかけるってのもおかしな話で

すな」

「一種の集団暗示ですよ　世情不安が原因です　こういうとき　えてして悪徳政治屋どもに踊らされるのですよ」

そのとき　カルテをとっていた代診がどなった
「のぞきこんじゃ困ります!!」

「Tくん　そこにはだれもおらんがな」

「へんですねえ　たしかにだれかが　カルテをうしろからじっと見ているような気配がしたんですが……」

「そういえば　わしもどうも気が狂いそうだ」

院長はキョロキョロとあたりを見まわした
「こう患者にじろじろと見つめられてはな」

「患者は　今この部屋にはひとりもおりませんが」

「バカいえ　だれかがわしを　じっとうかがっとるぞ」

院長がわめきたてたとき　次の患者がはいってきた
青い顔をした神父だった

3

あるバーで　背の高い　おっとりした青年がのんでいた　なんでももと薬屋だったのだが　今はSFとかいうものにこっているといううわさだった
青年はだれにともなく話しだした
「ぼくは空間理論物理をかじったこともあるんですが……しろうとの人にわかりやすく説明しますと　空間には一次元　二次元　三次元四次元……と順次要素が加わるにつれ　べつの次元が構成されるんです

その次元の世界の生物は　それ以上の次元が　何から構成されているか知りません　もちろん理解もできない　だが　数字的には　ちゃんと存在するのです
だから　もしも　もしもですよ　ぼくたちの世界よりも　さらに上の次元の生物がいれば　ぼくたちの姿を　どこからかじっと見ているかもしれない　神なんて　そんなものかもしれないんです」
「ぼうとくだ!!」
と　かたわらで聞いていた神父がいきまいた　それを院長が制して
「まあ　だまってつづけさせましょう　なにしろ　われわれはもう　こういった連中の空想話でも聞くかしなけりゃあ　気が狂ってしまう」
「たとえば　この本です」
と　青年はそばにあった直線をとりあげた
「これは直線だけで構成されている一次元の世界です　ぼくたちはこ

れを書物として見ているが　一次元の世界にもし生物がいたら　本だなんてとんでもない話でしょう　なぜならそれが彼らの全世界なんだから

同様に　ぼくたちの世界は　平面で構成されている二次元空間なんですが　これだって　三次元空間にいる生物から見れば　案外　書物みたいなものとして　扱われているかもしれない」

「三次元の生物だと？　ばかばかしい」

院長は吐きだすようにいった

「そうです　理屈では考えられないんです　この世に　タテとヨコ以外にどんな要素があるのか　およそ考えられない　一部の学者は　それは*タカサ*という要素だというんですがね

や　こんな話はお気に召しませんか」

「もう終わりにしよう」

と　神父が腰をあげた
「といったようなわけで　ぼくたちを見つめている相手というのは
ひょっとすると　ぼくたちの世界を書物として読んでいる　三次元の
生物かも……」
「わかった　もうやめだ」
院長も立ち上がった

そのとき　三人のまえに　異様なものがあらわれた　それは肉色で
脂ぎって渦状の模様が刻まれたかたまりであった
それは指だった　そして　ページをめくった

傍のあいつ

S氏が、彼の存在に気がついたのは、ある夜のパーティの席上でだった。身うちだけの、こぢんまりと静かなパーティだったが、やがてS氏は、じぶんのすぐ傍に、人の気配を感じてぎょっとなった。その相手は、S氏の知っている範囲の、どんな親族にも、部

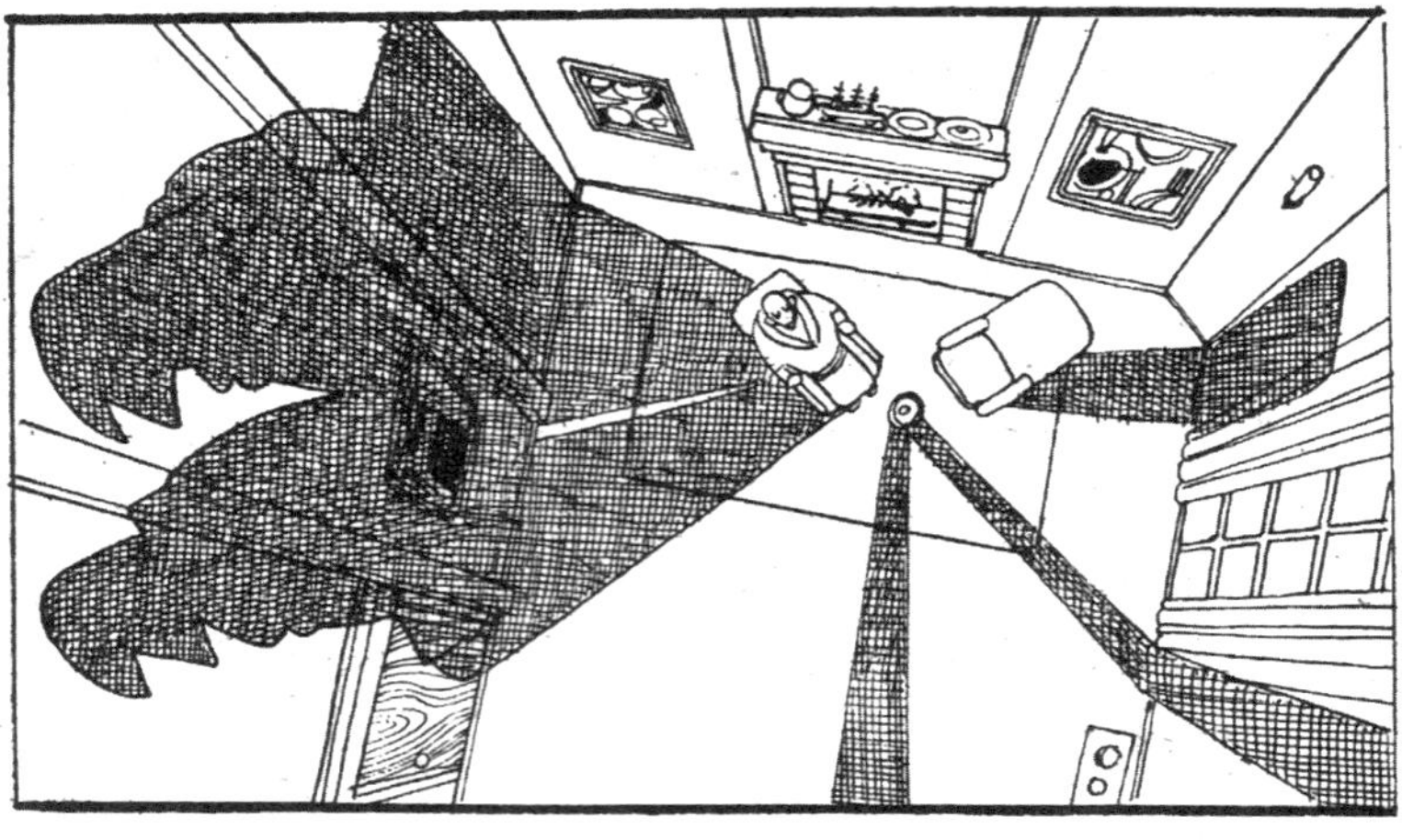

下にもない奇妙な気配で、Ｓ氏のからだにぴったり寄り添うように迫っていた。Ｓ氏は、見えない目を、ピクピクと痙攣(けいれん)させて大声で叫んだ。

「この部屋にいるのは何人だ」

みんなは突然の質問に、あっけにとられた。

「十三人です」

「じゃあ、念のため、ひとりずつ名前を言ってくれ」

人々は顔を見合わせ、次々に名乗った。

「ほんとうにそれだけか」

「いやなおじいさま、ほかに誰が居るんですの？」

「もう一人、わしの傍にいるのは誰だ！」

Ｓ氏は手押椅子をガタガタとふるわせながら呪(のろ)った。

「こいつは、さっきから、わしの傍に坐(すわ)って、わしをじっと見詰めとる。お前たちは、云いあわせて、わしをからかっているんだな？　かくさずに、こいつの正体を云ったらどうだ」

「お言葉ですが、おじいさまの横には、誰も見えませんが……」

「もうよい！　せいぜいわしを馬鹿にするがいいわ」

席はすっかり白け、客はぞろぞろと帰って行った。手押椅子の中でぐったりしたS氏を人々はひややかに見おろし、S氏はS氏で、心の中でしきりに悪態をついていた。「砂糖にたかる蟻どもめ！　お前達に、誰が、遺産のひとかけらでもわけてやるものか！」

事実、S氏とその身うちを結ぶきずなは、ただ、彼の巨万の富のちからだけだったのだ。いまや、六十いくつもの社長や会長の肩書きをもつ大財閥のS氏は、かつて、三度の食事を一度にするほどの貧乏書生だったのだ。それこそつめに火をともすように預金をふやし、金の為なら、友人を裏切りもした。預金額がふえるにつれて、親しい人達はへっていった。ついに知人が全部、彼の敵にまわったとき、代償に得たものは事業の大成功と、名声であった。すでに彼は、自分と金いがいは何も信じない男になっていた。

突然、彼に大きな災害が見舞った。交通事故でひどいけがをしたのである。

何カ月も生死をさまよった揚句、目をつぶし、半身不随になりながらも彼は退院した。

「なあに、生への執着じゃなく、金への心残りさ」

と人々は陰口をたたいた。だが、さすがにこの事故で不安と孤独感にかられたS氏は、親族をよびよせてパーティを開くことを思いついたのだ。これはS氏にとっては大決心であった。だが、それも遂に心を満たされずに終ったのだ。

S氏は、ほとんどそれまで関心のなかった繁華街へ行ってみようと考えた。執事が同行し、車は、ネオンやさんざめきの交錯する目抜き通りをしずかに走った。

「あのにぎやかなバンドのきこえるのはどこじゃ」

「あれは当市一のナイトクラブRで……」

S氏は恋はおろか女というものを、かつて殆ど知らなかったのを思い出した。

「あそこへ」

「かしこまりました」

やがてS氏は、喧騒と女の体臭の中へ運び込まれるのを感じた。若鳥のような娘がS氏の横に坐った。

「この方は有名なS財閥の会長さんだ。失礼のないように」

「まあ、そうですの」

娘は畏敬と興味の混った声をあげた。

「おじいさま、ごゆっくり、私、マリと申します」

「マリかね？　どうしてこの店につとめている？」

娘は問われるままに、自分達の生活や客の種類や流行やらを、無邪気にしゃべった。S氏はシェヘラザードの夜語りを聞くシャーリアル王のような心地で、あとからあとから、話を所望した。

「また、ぜひいらしてね」

「うむ、またこよう」

送り出された老人の顔は、いつになくネオンの光にかがやいていた。

S氏はR通いがはげしくなり、マリは、S氏に父親のように仕えた。老人の心の底にのこっていた青春のかけらを、彼女の献身ぶりがほり出したように見えた。

「どうだ、マリ。ひとつわしと岬へドライブしてみんか？」

「すてき。あたし運転できますのよ」

「そうか、じゃあひとつ、今夜にでもランデブーと行くか」

Ｓ氏は年甲斐(としがい)もなくはしゃいで、マリにハンドルを握らせ、車を岬へとばした。ドライヴ・ウェイにさしかかってしばらくすると、とつぜんＳ氏が叫んだ。

「お前と、わしの間にいるのは誰だ！」

マリはびっくりした。

「おじいさまと二人だけよ。誰も乗っていませんわ」

「いや、わしの横に誰かが坐(すわ)っとる！　なぜ、お前はわしに教えてくれなかったのだ？」

「いやね、そんな人私乗せないわ」

「うそをつけ、そこに、たしかにいるではないか！　さては目のみえぬわしをだまして、若い男でも乗せたのだろう？　そして、二人して、わしをからかおうと……」

「馬鹿(ばか)なことをおっしゃらないで！」

「馬鹿とは何だ。お前こそ、うそつきの、あばずれ女だ」

マリはかんかんにおこった。

「そこから、かってに運転して帰るといいわ」

彼女はあらあらしくドアをあけて、どんどん走って行ってしまった。

とたんに、傍(そば)の人間の気配は、ふっとかき消えて、ぶきみな静寂が老人を包んだ。

彼は仕方なく、車の中にうずくまったまま、何時間も助けを待ちつづけた。やっと、パトロールに保護されて邸(やしき)に戻ったS氏は、自室にとじこもり、そのまま一歩も外へは出ようとしなかった。オート・プレーヤーによるレコード音楽も、事業の隆盛を伝える執事の声も、もはや彼には何の感興(かんきょう)も与えなかった。

「わしはひとりぼっちだ。それがわしの人生だ」

ある夜、うとうとしていると、突然、傍（そば）に例の気配がしのびよってきた。

「君は何者だね」

老人は力なくたずねた。「どうして、わしに、そうまつわりつくのかね。わしは君になにもわけてやらぬし、わしにつきあっても、何の得にもなりはせんよ」

相手は答えなかった。だが、老人は、その相手にしゃべりつづけるのに興味を覚えた。彼は、一晩じゅう、それにむかって彼の人生観を語り続けた。次第に彼は、相手に、いいようのない親しみを持ち始めた。相手は、S氏の言葉のすべてに耳を傾け、半畳（はんじょう）や意見をはさむこともなく、否定も肯定もしないのだった。S氏は、彼こそ、心から話しあえる友のような気がしてきた。

「わしはね、はじめて信用できる相手をみつけたよ。それは、君だ」

老人はさみしく笑った。

「わしはもう長くない。だが、君という相手を得て、わずかの間でも心の安らぎを持つことができて仕合せだ」

老人と、傍の彼との交際は、誰にも知られず、ずっと続いた。相手はもう消えようとはせず、S氏が容態が悪化してベッドへ横たわったときも、一緒に老人の横にねようとさえした。S氏は喜んで相手のためにベッドの一部を提供した。老人は臨終まで語り合える友を得たのだ。

そして最後の時がきた。親族たちは、ベッドのまわりにあつまった。老人は、晴れやかな顔でみんなを迎えた。

「わしは彼に教えられたのだよ。信じるということはなんと楽しいものだ。わしはみんなに遺産をあげよう。それを使って、成功してくれることをわしは……」

老人はしずかに目をつむった。何時間かたってふと、われにかえったS氏は、あたりがなんとなくざわめいていて落着かないのを不審に思った。なによりも傍の彼が……

彼がいない！　気配がない！

どうした。どこへ行ったのだ。

老人は必死に彼を求めた。ふと、彼は親族のひとりが悲しげに話しているのを耳にした。

「ええ、おじいさまのご遺骸は、告別式場のほうへお送りしましたわ」

――わしの遺骸だと？――

S氏は愕然とした。傍の彼がわしだったとすると、いままでの自分は一体何者なのだ。

「それから、お葬式がすんだら」話声はつづいた。「またF研究所へお返しすることになっていますの」

「待ってくれ、これはどういう訳だ」
S氏の必死の声は、遂に声にならなかった。

＊　＊　＊

F研究所M博士談（翌日の新聞記事より）

財界の巨峰S氏が、以前交通事故に遭遇し、中央病院に収容されたとき、わたしは親族のかたや役員のかたから、ひそかに重大な依頼をうけたのです。

それは、彼が死ぬことによって、巨大なS財閥が崩壊し、そのために経済界に恐しい影響を及ぼすことを心配された方方のご依頼でした。というのも、各事業に彼のワン・マン・システムが徹底していたためでもあります。

わたしは当研究所において、ひそかに動物実験をすませていた総合人工生体手術をS氏に適用したのです。

人工心肺や、人工腎、人工血管などは個々に、すでに実用の段階にはいっておりますが、これらの総合統一した人工生体の研究については壁につきあたっています。それらをむすびつけ、相関作用を来たさせるいわゆる人工自律神経系統が、ほとんど実現不可能なためであります。

しかし、当研究所では、これを不完全な形ながら成功させ、一部ロボット化した生体を、かなりの期間生存させることができました。

手術をおえて回復したS氏は、脳髄と脊椎の一部をのこし、ほとんど人工生体でありました。おそらくS氏はこれらに対して何もしらぬままに一生を終ったのでしょうが、ただ、人工器官を代用させた場合、ややもすると異物感をおこさせるおそれがなきにしもあらずです。S

氏の場合、それが総合的にどのような感覚で彼の頭脳に投影されたかわかりませんが、おそらく、おぼろげな人間の形をしたものが彼の頭に浮んだことでしょう。（身うちの方のおはなしによれば、S氏は、しじゅう傍（そば）に誰かがいるような錯覚をおこされたときますが）もしそうなら、その相手こそ、S氏自身のからだだったのであります。

＊　＊　＊

S氏の脳髄は彼の死のあと人工生体からとりはずされ、しばらくその場に安置されたが、現在はF研究所にアルコール漬け標本になっている。

ただ、そのとりはずし作業がS氏の確実な〝脳死〟のあとだったかどうかの確認はまだとれていない。

おたふく

「おいお前、また買い込んだな。こんどはどこの美容雑誌だい」

バスルームから出てきたおれは、ベッドの上にまきちらされた本の上に寝そべっている妻に聞いた。

「オランダのゲシュデビエット社のよ。また新しいタイプのブッスが紹介されてるのよ」

妻はつよい羨望(せんぼう)と憧憬(どうけい)の眼でグラビアに見入った。

そのページには、でぶでぶとして広がった鼻翼(びよく)と唇のない大口をした女が、フレームからはみ出しそうに載っている。

「イエマン・バン・ユリエ・ゲホールト族か……この名前からしても、まさしく前代の遺物だな」

「そうよ、まだ整形も形質転換もされない時代のブッスよ。なんて素敵じゃない!!　このザラザラしたヘアも、みんな本物なんですって!!」

ブッスというのは、語源がかつての日本語の『ブス』から来ているという。

だが、現在では語意は全く違う。比類ない端麗(たんれい)さをさしていうのだ。同義語で、オカチメンコというのもある。

そんなことは、どうでもいい。

おれは明かりを暗くして、クレオパトラのような妻の鼻の上にキスを始めた。

「寝るわ、今夜は気のりがしないの」

「チェッ、近頃のお前はどうかしてるぜ。ああいう別世界の人間は、おれたちにゃ無縁なんだよ。日本にだってそうザラにはいやしない。それも優生保護条令で厚生省が金を出して特別居住区に囲っているくらいだ。人口調整局の慎重な検査の上で、ほんの一部人工受精させて数を絶やさないようにしてるんだが、なにしろふやすのに何年もかかるんだからね」

「でも……隣の奥さんなんか、百二十両出して、整形でオタフクにしたわ」

「オタフクってなんだ？」

「あら、雑誌記者のくせに知らないのはおかしいわ」

妻が皮肉っぽく言った。

「オデコで、鼻がペチャンコなの、百二十両あれば整形できるのよ。最近、関西のお金持ちたちが、はやらせてるわ」

「あれはオカメというんだ」

「正式名はオタフクよ」

妻はいいはった。

「九州では、オテモヤンと言うそうよ。隣の奥さんは、熊本に十五年も住んで……」

その時、わが家の窓の外がにわかに騒がしくなった。噂をすればの主の、熊本夫人のヒステリックなわめき声と物のこわれる音が響いた。妻はクレオパトラの顔を上げて眉をひそめ、聞き耳をたてた。

「訴えてやる、訴えてやる！」

熊本夫人は、おんおん泣き叫んでいる。

「オテモヤンになっちょらんどころか、カタワにされたじゃなかと」

「不馴れな美容技師にかかるからだ」

やけ気味の亭主の声がきこえた。

「国立整形センターに行けば一級技師のおらすけんで、あとはどうなとキャアなろたい」

「あんたがグチャッペだるけん……手続きバろくにせんで……どぎゃんする！　どぎゃんする！」

「だまれ、このゲンバクなすび！」

おれはそっと覗(のぞ)いた。

半狂乱になった熊本夫人ときたらソフィア・ローレンがお岩に化けたようなものだった。

おれは勤め先のエレベーターであがり、編集室のドアをあける。

ダ・ヴィンチのモナ・リザそっくりの秘書が、神秘的な微笑をニッと送る。

こういう顔には、もううんざりしているのだ。

同僚のF女史が、二十世紀のスター、リズ・テイラーまがいの顔を上げて会釈する。

おれは無気力に席にすわり、ミケランジェロのアポロ像がネクタイをしめたようなデスクと向いあう。

「グラビアは何時から撮影する？」

デスクが聞いた。

「まもなくモデルが来ると思います」

「気をつけろよ。蛮行主義者の連中が狙っているからな」

「モデルをですか？」

「おれたちの編集方針も気にくわんといってる。ゆうべ、ブッスのモデルなどグラビアに載せるような出版社は焼き打ちにかけるといってきた」

デスクはノーブルな顔をゆがめて

「ま、裏がえせば連中はコンプレックスのかたまりなのさ。自分たちの顔姿を嫌悪して、その反発がいわゆるブッス族に集まったんだ。ブッスが個性的な顔をしているのを妬んでいるだけのことだ」

「やつらは単細胞ですね」

「そう、百年昔にミソラ・ヒバリとかいうスターに硫酸をぶっかけたファンがいたという伝説、あれと同じ心理だな」

「百年か！　百年前には、今の状態と逆だったわけですね。われわれみたいな顔やスタイルが理想像だったたってえことですな」

「百年前ヘタイムマシンで戻れたらね」

とF女史が言った。

百年前——二十世紀末、優生学がいちじるしく発達し、人間の顔はそこで運命が変わったのだ。

要するに、よい人相の因子を遺伝するDNAを、コントロールしながら生殖細胞に送り込んで、思い通りの顔、姿かたちの人間を生み出せるようになったのだ。

もちろん初めはその方法でもミスがあった。

ちょっと遺伝子の配列がまちがったために豚の顔をした子ども（豚児）が生まれたり、のっぺらぼうで尻に目鼻のある人間ができたりした。

だが、息子が孫を生み、何世代もたって……改良に改良を、修正に修正を加えられた人間のからだは、男女ともギリシア神話のオリンポスの神々のように崇高で、端麗で、優美な理想的なものに変身していたのだ。

「だが人間てえやつは、おかしなもんだ。稀少価値を尊重するからな。だれもかれもが非の打ちどころのない姿になってみると、かつてのデッサンの狂った顔に憧れる。ほんの一握り、昔ながらの人相のままの人間が遺伝子の関係で生まれてくるもんだから、その連中は今や宝石なみの価値だ」

と、デスクが自嘲（じちょう）気味にしゃべっているところへ、モデル連がはいってきた。

ひとりは土管（どかん）のように胴長で、その昔大根足とよんでいた短い足とガニ股（また）の持ち主だった。顔といえば、目もとが細く切れ上がって、目ヤニがつき、エラが張って浅黒かった。典型的な――ふるいつきたいほどの――モンゴロイドである。

もうひとりは、綿菓子のようにボーッとふくれあがり、顔中口のような印象の大女で、頬袋（ほおぶくろ）になにかつめた猿のように、始終クチャクチャと何かを噛（か）んでいた。

そして三人めは――これこそ本物のブッスだ！

あるかないかの鼻にオチョボロ、まっ赤に上気した頬。妻と昨夜話した、オタフクそのものである。

F女史と秘書は、われを忘れ、うっとりとモデルたちを眺めている。

「G居住区から来ました」

と綿菓子嬢が唾(つば)やチョコレートでべとべとの指に認識票をつまんでデスクに渡した。

「いつから始めるの?」

「もう十分でカメラマンが来る。今月号は三十二ページの特集だから、いろんなポーズをとってもらうのに時間がかかるよ」

「ねえ、何か食べるものない?」

「グルタミン酸ケーキならある」

おれは冷凍箱をあけた。

偶然にも、綿菓子嬢のペッと吐いたしゃぶりかすが、冷凍箱の中へ飛びこんだ。

モナ・リザ秘書はホッとため息をついた。

「ふむ、知能指数六十二か！」

認識票と女の顔を見くらべながらデスクが、

「たいしたものだ！」と、どなる。

「六十二ですか⁉」

「これはねキミ、精神薄弱（せいしんはくじゃく）でも、魯鈍（ろどん）というケースだよ。こんなのにはね、今どきめったにお目にかかれないものだ」

モデルたちはわれわれにお構いなく、机に腰をかけ、コンパクトとミニ美容器をとり出してプンプン化粧水の匂（にお）いを発散させ始めた。スカートが内股（うちまた）までまくれ上がりふやけたパンティがつき出し、くろぐろとした陰部が見え隠れするのをつつしみ深いオリンポスの神々は感嘆の声をあげて観賞した。

「カメラマンが来ました」

モナ・リザが知らせた。ルドルフ・ヴァレンティノ（知る人ぞ知る、百五十年前の稀代の美男である）の顔をしたカメラマンが、まっ青になって転がり込んできた。

「大変だ。暴漢が社の前にピケを張っていて、はいろうとしたらペンキを塗られた」

カメラマンは、顔中まっ青なペンキを浴びていたのである。

デスクはうなった。

「蛮行主義者どもだな……。警察をよべ！」

「パトカーが四台きましたが、ひっくりかえされました」

「しかたありませんよ。警察法第百十八条に――抵抗する者は危険だから攻撃をするな、無抵抗の者は暴力で逮捕してしまえ――と、ありますからな」

と、おれは説明した。

「あら、また始まったの」

「また、あたいたちと寝たい男が集まって来たんだわ」

「バカみたい」

モデルたちは窓から首をつき出した。

すでに入り口をこわした暴徒が、受付ロボットをつき倒してエレベーターに殺到しようとしていた。

ピッ　ピッ　ピーヒャラヒ　トントコ　トントコ……蛮行（ばんこう）主義者独特のマーチが高鳴って聞こえた。

「エレベーターであがってきます。もうすぐ編集室へやってくるわ。きゃーっ！」

F女史がココラチュラ・ソプラノの金切り声をあげた。

その瞬間、アラン・ドロン、レイモンド・ラブロック、レナード・

ホワイティングそこのけの面相をした男たちが、ペンキや硫酸や棍棒(こんぼう)を持ってなだれ込んで来た。

「ここはキミタチの攻撃目標ではない！　出ていきたまえ」

デスクが震えながらいった。

「だまれ、そのブッスたちを犯すのだ」

「そうだ、死ぬまで犯す」

「ついでにお前たちの顔を凸凹(でこぼこ)にしてつぶしてやるぞ」

「われわれは人間本来の姿に戻るのだ！」

ピッピキピッピキピ……マーチが高鳴り、連中は編集室の壁いっぱいにペンキで淫猥(いんわい)な絵を描きなぐり始めた。

おれは思わずとび込んでいって、ゼットライトで連中のひとりの横(よこっ)面(つら)をひっぱたいた。

ゲッと叫んでたたきつけられたそいつは、アラン・ドロンがワサビを一キログラムもなめたような顔に歪(ゆが)んでいた。
二、三人がモンゴロイド女にむしゃぶりついて、ブラウスをバリバリとひっぺがすと、モンゴロイドはうれしがって、キャアキャアとインデアンのような叫びをあげた。
だれかが、おれの後頭部へタイプライターを投げつけた。

血だらけになったおれが、力まかせにコブシを振り回すと、震えて立ちすくんでいたデスクに、まともに当ってしまった。デスクの歯が五、六本折れ、唇はひきつってとび出し、目をむいてよろけた。

もうだれかれの見さかいなく、おれは朦朧(もうろう)状態の中で手当たりしだいに殴りつけた。

血が目の前へ流れ落ち、口もとは裂け、あちこちひどくはれたおれの顔は、おそらく人間には見えなかったろう。

そう、なんといったっけ、大昔の日本にいたすさまじい形相(ぎょうそう)の鬼、さよう、ハンニャとかいう悪魔だ。
そう見えたに違いない。
テンテン　テンテン　ステ　テンテン……連中のマーチの調子が変わった。
「引きあげろ、税務署の徴税車だ」
と、菊之助みたいな男が、押し倒したオタフクから慌ててとびのいた。
窓の外に、税金徴税車が止まっている。いち早く、事件を聞いてとんできたらしい。
暴力事件には、加害者、被害者の別なく、暴力税をとられる。
そのほか、器物破壊税、侵人税、室内土足税が加税される。
だから暴漢にとっては徴税車はパトカーよりもこわいのだ。
連中はドカドカと先を争って部屋からとび出した。

ピッピッ　ピーヒャラヒャ　ピッピーヒャラヒャ　ピーヒャラヒャ
ステ　テンテン　テンテレツク　テレツクツ……
連中のマーチが急テンポでいつまでも響いた。

おれはハンニャの形相（ぎょうそう）のまま、ふらふらと部屋の中をコブシを振り回しながら歩いていた。

オタフクも立ち上がって、ひきつったように踊りだした。一時的に錯乱状態になったらしい。

それをとめようと、わが哀れなデスクは、目をむき口を歪（ゆが）めて追いかける。

その顔は民族資料室で見たことがある。

ヒョットコ――民衆の自虐的（じぎゃくてき）英雄の姿だ。

かくして、ハンニャ、オタフク、ヒョットコの三人は、遠くなっていくマーチにあわせて、いつまでも編集室をふらつき回る。

ピッ　ピーヒャラヒャ　ステ　テン　ステテン　テレックツ　ピッ
ピーヒャラヒャ　ピーヒャラヒャ　テンテレツク　テレックツ……

あの世の終り

私は夫とこどもを送り出してから、ほっと坐(すわ)ったまま、近所の奥さん達が集る時間を待っていた。

洗濯ものも食器のあと片付けもない――新聞も雑誌もテレビも、なんにもないこの世界。井戸端(いどばた)会議だけが私たちの生活のうるおいなのだ。思い出話やら、送られた人たちから情報をきくことだけが、私たちの一日なのだ。

夫だって会社へいったって仕事なんかない。やっぱり大勢集っていて、無駄話に時を過ごすだけ。そうしなければ、私たちはいつか、すべてのことを忘れて存在の意味すらなくなってってしまう。

私たち一家が死んだ時——たしか、あれは大きな交通事故で百二三十人死んだと思ったけど——もうほとんど忘れてしまった。こどもが先に死に、私たちがちょっとおくれてこの世界へついたら、こどもはちゃんと待っていてくれた。ここには、あの世とほとんどおんなじものがあった……家も、会社も、町も……ただ、生産や、消費や、発展や、活気がなかっただけ。それに、なにもかもはっきりしたイメージがなかった。夫にしたって、どんな顔つきでどんな恰好(かっこう)という具体的な印象はない。ただ夫は夫だし、こどもはこどもなのだ。

井戸端会議が始まったらしい。

私はいそいそとんでいく。あの世界で、Kさんとかよばれていた、むかいの奥さんの旦那のことが話題の中心だった。旦那はまだあの世界に生きていて、奥さんだけがここへ送られて来ているのだ。

「それがね、あの奥さんも知らなかったんだけど、旦那に七人も女がいたんだって」

「まあ七人も！　どうしてわかったの？」

「その人たち、あいついで死んじまって、ここへ送られて来たんだって。奥さんと顔をあわせて、はじめて真相がわかったのよ。奥さんくやしがって、旦那にうらみを云いたいって、霊媒のとこへ出かけていったわ。もちろん七人もいっしょにね」

「まあ霊媒なの、おもしろそうね」

霊媒というのは、もちろんあの世界との仲介をする人たちだ。あの世での霊媒が死ぬと、ここでもおなじようなことをしてくらしている。もちろんインチキが多いのはおなじだけど、まれに優秀な人がいてあの世界と通信して貰える——あの世界では、それを幽霊といっていることを最近知った。

私たちはおもしろがって、その霊媒のところへ行ってみた。Kさんの奥さんと七人の女性を前にして、霊媒は精神統一をし、とうとう旦那にコミュニケーションできたところだった。

「私よ、あなた」奥さんはうらみのこもったこえで叫んだ。

「おまえか！」旦那の声。

「私もいるわよ」「私もよ」七人の女性は次々になのった。旦那は八人の幽霊にかこまれて、きっと目をむき、震え上ったことだろう。

とつぜん、意外なことがおこった。あっというまに、旦那がそこに現われたのだ。つまり、あの世界で、旦那が突然死んだ訳になる。旦那はキョトンとして奥さん達を見廻した。

「あら、いやだ。来ちゃったわ」

「どうして来たのよ。べつに、のろい殺すつもりはなかったのに」みんなが呆れた。

「なんで来たのかおれにもわからん。まだ死んだ気がせんよ」旦那はぷりぷりしてどなった。

　そのあと、奥さんと旦那のつかみあいが始まったのだけれど、そんなことより、その奇妙な出来事は、それだけではすまなかったのだ。あっちこっちで、Kの旦那のような運命の人が、何十万人もできてしまったのだ。

　夫が会社から帰ってきた。もう、どこもかしこも、送られた人間で一ぱいだそうだ。ベビー・ブームなんて比ではない。

第一陣の突発死は、それでも場所が限定していた。ところが第二、第三陣となると、それこそ全世界所をきらわず、政治家から乞食から老人から赤ん坊まで全部送られて来た。

とうとう、何十億という人数になったとき送られてくる人はぱったりととだえた。

最後に送られて来た人に、だれかが訊ねた。

「君が、おしまいか」

「ああ、おれでおしまいさ」

「もう死ぬ人間はいないのかい？」

「ああ、ひとりもいない」

その話をきいて、私は悲鳴をあげた。その人の云う通り、それからは誰（だれ）ひとり送られてこなかった。霊媒（れいばい）は、もうあの世界にどんなに通信してもコミュニケーションできないとあきらめた。思い出話とあの世界の情報が私たちの生活のすべてだったのに。その供給がなくなった今は、うすれる記憶と意識をどうすることもできない。……そして、いずれ私たちは存在すらなくなってしまうのだ。

核戦争で滅びてしまったあの世界に……いつか遠い未来に、また人間が生まれてくるまで……私は待てるかしら。心細いわ。

ハッピーモルモット

1

私は選んだ五人を、Ｒ公園のかたわらの喫茶店に集めた。選んだといっても別に条件はない。強いていえば、この大都会ＱＱ市の雑踏の中から、もっとも平凡なる人物をピックアップしただけである。その夜十時、渡した紙きれに書いておいた約束の時間に五人は集った。

「これはなにかのＰＲ？」とＥが口を割り、「くだらんいたずらだ！」

とBが腕時計を見、「はやくかえって、宿題をしなくちゃあ」とDがもぞもぞした。「マネージャーがね、ファンの悪質なのにごまかされるなっていったけど、きてみちゃった」とCが笑い、「どっちにせよ、せいぜい囲み記事って処だな」とAがタバコをふかした処へ、私が出て行った。

「お集り頂いて恐縮です」

五人はチラリと私を見て、それぞれに評価した。「用というのは何かね。君?」Bが訊ねた。

「みなさんの日常、つまりどうおくらしかという点をまずざっと伺い、そのあとできわめて重大なお話を申し上げるためです」

Aがまず、なんだ商売仇かといった、うんざりした顔をした。Aは日刊M紙の社会部記者。行動半径は、ひろいようでせまく社——事件現場——記者クラブ。それに聞きこみとバー。地方はおろか郊外にさえ支局や連絡局があるため、ほとんどQQ市の外へ出ない。日曜も、アパートでくつろぐことはめったにない。

Bは、国税庁の調査局の部長である。日がな一日書類の山の影(ママ)で、ハンコをおすのが仕事のすべて。もくもくと三十年。酒も女も、道楽は適当という程度。こどもが二人。これはかたづいている。

Cは十九歳の娘。ジャズシンガー。売れっ子と自負している。車の中で睡眠と食事をとり、あとは局から局、スチール撮影、ファン会へ出席というのが日課。

Dは中学生で、テレビと宿題に追われている。

E。主婦、洋裁学校出で、家事に追われながらも自宅で洋裁をおしえている。

さて、これだけの身元調べは、私が一日ですませたものである。

「ところでみなさんに共通した点がある。それは適当な休息とレジャー、それがみなさんの生活をかえない程度にあり、ほしいものは遠出せずとも手にはいり、日々のニュースはセンセーショナルで、忘れ易いものが提供されている。それに間違いありませんな」

「何の話かね？」

「つまりみなさんの生活のすべてが規格化されているのです。みなさんの心にゆとりをつくって他に関心をもたせないための巧妙な手段なのです」

「手段？　政府のやり方かね？」Bがねむそうに訊ねた。

「いや、カペラ十番星人のことです。ここを、みなさんは地球だと信じておられるのですか」

「信じているって、地球じゃないの！」

「ノウ。ここは地球ではない。落着いてきいて下さい。みなさんはかつて地球上に住んでいた。ところが、ある日円盤が来て、ＱＱ市全市民をねむらせてしまった。犠牲者は一人ずつ円盤にのせられ、このカペラ十番星へはこんでこられた。ここにはＱＱ市と、一木一草に至るまでそっくりの偽物がつくられていました。だからみなさんは目覚めてから、まさかここが他の天体の上とは思わなかった。そのまま今日までいつもの生活をつづけて来たのです。

　おかしいことに、すべての生活はＱＱ市内にかぎられ、外部のニュースは天下（あまくだ）り式に通達され、旅行者はきめられたコースしか歩けない。これをおかしいと思わせずにつづけてきたカペラ十番星人の政策に敬意を表します。私こそ、真の地球からやってきた者です。みなさんに真相を告げるためにです」

「こいつ気狂いだ」「証拠を見せてもらおう」人々は目をつりあげて、私につめよった。

「もちろん証明は簡単です。どうぞこちらへ」

2

私は一同をロケットにのせ、丸窓の外を見させた。見なれたQQ市の宝石箱のようなネオン。私はどんどんスピードをあげ、郊外に出た。人家の灯がなくなって半刻もすぎると、ひとりが、とんきょうな声をあげた。

「おや、空の色が変ってきた。イルミネーションにしてはへんだが……」

その言葉が終らぬうち、屏風（びょうぶ）のような山脈がせまってきて、ロケットはその裏側へ。

「ごらんなさい。これがこの星の、本当の姿です」

Ｅは悲鳴をあげ、Ａは青くなった。ひびわれて老いさらばえた大地に、赤黒いヒルのような植物。空は紫色に変っている。

「この星の人間は、地球を植民地化したいのです。ＱＱ市がモデルケースにえらばれました。都会人ほど無国籍的で迎合しやすい人種はありませんからね。みなさんはこの星で飼育され、ひそかに観察され、隷属化（れいぞくか）されていくのです。それがみなさんの運命なのです。ＱＱ市へもどりますか。それとも地球へ？」

一同はワーッと叫んでひざまずいた。

「ご安心を。機首を地球へむけます。御家族が気がかりでしょうが、いずれまた救い出しに参りましょう」

私はスピードを光速二十五に上げ、目的を果した満足感で笑い出した。一同も、地球の姿がポッカリ見え始めると、ほっと胸をなでおろして、お互の幸運を祝福した。

3

一カ月後、私は五人のその後の生活状態をしらべた。

A、異常なし、B、異常なし、C、同上、D、同上、E、同上。あちらでの生活とまったく変りばえなし。適当に規格化され、マスコミにひきずられ、悲しげな満足感。

これで良い。

4

私はロケットにのり、地球を望遠レンズでうつした立体フィルムと、ひからびたカペラ十番星だかの実写フィルムをもう一度丸窓の外へ装置した。

さて、また地球へ行ってくるか。あと五人ほどさらってこよう。なにしろ地球人という奴(やつ)は勤勉で馬鹿(ばか)正直だからわれわれ業者の間では至極(しごく)好評なのだ。

七日目　S・F・Fancy Free

第一幕

場所――イリベッドラブ教授のドーム

幕があくと、とたんに香(かぐ)わしい匂(にお)いが舞台に満ちあふれる。咲きそろった人造花からは合成花粉がこぼれ落ち、かすかにエンジンのうなりを伴って、人造蜂(じんぞうばち)がそれをかき集めている。特殊プラスチック製の鳥の色と声とは、教授が百万の資料から吟味して創造した最高芸術である。オゾンを含んだ空気が地下のタンクから吹きあげ、一面したたる緑が人工太陽の光にきらめいている。教授は尊大にパイプをくゆらし、一人のロボットが登場して、教授に近づく。

「偉大なる主よ。おらあ、あんさまにちょっくらうかがいてえことがあるだが、気い悪くさっしゃらねえだか」

「あんだね、フモシアよ」

「おらあ、あんさまに造ってもらってこうして長えこと仕えてるだ。だども、あんさまはどうやってこのおらの住む世界さ造らっしゃったのか、おらの心の糧にすべえと思って、うかがいてえでがすだ」

「お前もはあそげなことを知りてえ欲が出てきただか。では話すべえ。おらがこのドームを造ったのは、世間のつきあいのわずらわしさから逃げて、おらだけの世界に閉じこもりてえと思ったでよ。で、まんず、原子力灯さ造って、ドームの天井につるしただ」

「はじめに光ありき」

「おめえ、なに書いてるだ」

「あんさまの話、メモしてるだ。これを一冊に書いて本にすべえと思うで、話さつづけてくんろ」

「次の日には、空気と水を合成しただ。つづいて次の日には、木や草をこさえ、虫や鳥も生み出しただ。七日目に、しもべとしてお前をこさえた。ぜんぶで七日だ」

「七日間でこの世界を！　へえ、ええこんだ！　それは奇蹟とかいうもんだかね」

「なんとでもいうがよかんべえ。ところでお前がはあ心の糧にするべえといったのはあんちゅうこんだかね」

「へい、おらもなんかを造ってみてえ気分になったでがす」

「お前がか？　こりゃあ大進歩だべ」

「へい、おらなりに考えただ。あんさまのいわっしゃるとおり、世間のつきあいのわずらわしさはがまんできねえだ。そんで、おらもおらだけの世界へ閉じこもりてえと思ったでがす」
「世間のつきあいとは、おらとつきあうことか。このばかたれめ」
「あいすまねえこんでがすだ。そんで、おら、主(しゅ)のいわっしゃったとおりに、なんか造ってみせるだ。おら、主に似せて造られたで、言葉づけえもおんなじだ。主にできることは、おらにもできねえはずがねえだ」

ロボット、意気ようようと退場。

第二幕　**場所——ロボットの実験室　七日後**

ロボット、ひどく興奮して、奇妙なサイレンを立てながら走りまわっている。その正面に、ギラギラ光る球体、中にガスが充満している。

すだ」

「へい、造ったでがす。おら、じぶんだけで、これを造りあげたでがす。」

教授おどろく。

「こりゃ何かね？」

「これはおらが創造した世界で、あの、むこうに泳いでいるのが、おらのはあ、しもべでがす」

「召使い？　あのあめん棒みたいのがかね？」

「そうでがすだ。あれはきっちり七日目に造っただ。形はへんてこでも物質は、おらとまったく同じでがす」

「こりゃあ大発明だ！　お前は、あたらしい生命体の創造に成功しただぞ！」

あめん棒、ふわふわと漂ってきて、フモシアになにか話しかけるような様子。フモシア、にたりと笑い（ロボットなので、笑うように見えるだけ）、急に尊大になる。

「なんていっただ？」

「おらのことを、造物主と呼んでるだ」

「お前が造物主？　このたわけ！　お前はおらの召使いでねえか。いくらなんぼ、お前が化物を造り出したところで、おらがお前の主人である以上、お前が造物主なんどと名乗ることは、許せねえだぞ」

「待ってくんろ。このムーが――ムーというのはこれの名ですだ――なにか訴えてるだ」

「なにを訴えてるだ？」

「偉大なる主よ、ちょっくらものをうかがいてえ、といってるだ」

「おらにきけといえ、お前の主人はおらだというだ。わかったか」

「あんさまはかかわりのねえこんだ。ここはおらの世界だでな。ふん、ふん、主（しゅ）はどうやってこの世界を造っただかときいている。教えてやるべえ」

「この人まね野郎！　この盗（ぬす）っ人（と）！　それはおらの教えたことでねえか！」

「だから、あんさまに教えられたとおりに話してやるだ。あに？　あんだと！　こんにゃろ！　おめえ、おらを裏切る気かよ、ムー？」

「どうしただ？」

「ムーがよ、おらに仕えるのはわずらわしくてがまんできねえで、おらの話を手本に、なにか別の世界さ造って住むだとぬかすだ。このばちあたりめ、お前になにができるっていうだ。お前はおらのしもべでねえか！」

あめん棒、漂いながら遠ざかる。ロボット、呆然（ぼうぜん）と見送る。

「あん畜生、七日間でなにか造るとぬかしただ。あんさまよ、こんなときはいったいどうすべえ」

「そら、おらのほうで、七日前に知りたかったこんだ」

第三幕　　　　**場所――もとの庭園　何カ月かのち**

イリベッドラブ教授、花壇のパイプに原子力燃料をつぎこんでぃる。ロボット、ころがるように登場。教授と衝突する。

「あんさま、てえへんだ。おらのムーの野郎がもどってきただ」

「それがおらとなんのかかわりがある？　喜ぶなり怒るなり、お前のいいようにするがええ」

「それが聞いてくんろ。ムーは七日間であん畜生の世界を造っただが、そのムーの召使いが――おらとおんなじように――ムーを裏切っただ。

そんで、自分の世界さ造るとぬかして行ってしまったちゅうだ」

「そげなこと、おらの知ったことでねえ！」

「まあ、聞いてくんろ。その、ムーの召使いの造った世界ちゅうのは、時間と空間を超越した、超次元の世界ちゅうこんだ。ムーの召使いは、その世界で、はじめに光を造っただ。次に天と地を造っただ。そいで、地には水を造って、魚さ泳がせて、木や草や、虫や鳥を造って住まわせただ」

「あんだと？」

「七日目に、ニンゲンという召使いを造ったちゅうだ。それが偶然、あんさまみてえな格好で、まるでそっくりだったちゅうが、こりゃどうしたこんだべ」

「そ、そら、いつの話だかね？」

「はあて、なんしろ時間と空間を超越した次元ちゅうから、何千年も何万年もむかしかもしんねえだ。ところで、いつかはその召使いにも裏切られると思うだが、そのニンゲンて野郎は、こんどはどんな世界を造るだかね、あんさま。あんりゃ？　あんさま、気分が悪いだかね？　おらの話のどこが気にくわねえだ？　あんさまにかかわりのねえ話でねえだか」

幕

不条理スリラーなるもの

治虫夜話　第一夜

だいたい絵描(えか)きなんか、人一倍気の好(よ)いやつがそろってる。たまにひとくせありそうなツラダマシイを見つけて、こいつ、なにかやりそうだぞ、とおもってると、かえりにヘラヘラ笑いながらアン蜜か何かをたべているのでガッカリすることがおおい。

ことにスリラーものをかく連中なんか、どこからあんな二重人格的な、おっそろしいものをひねり出すのかな、とおもうくらい、虫もころさない顔をしている。かくいう私も、「手塚は、医者にならなくってよかった。なまじ医者を開業していれば、人をボカボカころしたであろう。」なんて雑誌にかかれるほどだが、当人はいたってオダヤカな、平和主義者なんでアリマス。

だから絵描きをめぐるスリラー問題なんて、せいぜいお酒をのんで、不良にからまれたぐらいのていどだが、〃スリラー随筆〃を〃影〃の山田さんにたのまれたいじょう、まず私の経験談から話し出さなければキッカケがつくれない。

そもそも私が戦時中——二十年近くもまえの話になります——大学の、解剖教室にいたころ。爆撃やら栄養失調やらで　教室には死体が満員。ズラリと並んだうらめしそうなまっぱだかの肉体、片っぱしからバラバラにして行ったのです。

ところが、どうもへんなうわさが立ちはじめた。何とはなしに死体の肉が、すこしずつへって行く、というのです。

バラバラにされた死体は一日うっちゃられて、あくる日もとどおりにぬいあわされます。ところが、あくる日行ってみると、どうもすこし肉がたりない。

だれかがこっそり、すきをねらって肉を失敬しているとしか思えない。

そのうちに、またもや妙なニュースがはいりました。食堂の肉入りパンが、すこしフォルマリンくさいというのです。

ごぞんじのように戦争中のことで、われわれが食堂でたべるパンにはいろんなゴマカシものがはいってる。

ところが、ある日パンをたべていただれかが、「あっ、パンから骨が出てきた！」と大さわぎになりました。

もうすてておけなくなって、われわれは解剖教室の前で一晩夜明かしをすることになった。

うすぐらくなって、針の音もわかるくらいシンとなったころ、一人の影が教室の中へ、大きな入れものをさげてスッと消えていった。その男の顔をみたときハッと思いました。食堂のうらあたりを、ウロウロしていたじいさんです。

じいさんは、死体のそばへ近づいて、コマギレになった肉片(にくへん)を、入れものの中へかき集めはじめた。暗い解剖教室の中で……

やがて私たちに気づいたじいさんは、まっ赤(か)な歯ぐきを見せて、ニッと笑ったのです。

と、まあこんな経験である。えっその先はどうなったって? まあ、書くのはやめときましょう。ていさいがわるいから。

恥をしのんでオチを書くと、こういうわけである。じつはわれわれ学生は、ろくに解剖の知識もなく(授業はほとんど軍事教練(ぐんじきょうれん)だったので）死体をバラバラにしたので、あとのしまつがたいへんだったのです。うっちゃられた肉片（にくへん）は、ハエのたかるのにまかせて、不衛生そのもの。そこで、用務員さんが毎晩、あらかじめ、くずになりそうな肉片をそうじして居たってわけ。食堂のフォルマリンくさいのは病院のせいで、出てきた骨だって、ふつうの牛か豚のものだったのです。

　こうしたりくつに合ったスリラーは、われわれはめったにお目にかかれない。たいていはわけがわからぬ怪談じみた経験が多い。私は、これに不条理（ふじょうり）スリラーと名をつけている。「スパイ」なんて映画は、その代表てきなものだろう。

　この解剖（かいぼう）教室の横の階段が踊り場まで十三段あった。下からのぼって行ったものは（絞首台（こうしゅだい）とおなじで）とちゅうでムカムカッといやな感じがする…ってうわさがあったが、これも怪談に近い。

　横山隆一（よこやまりゅういち）さんのおとぎプロで、むくつけき男たちがゴロねしていたら、ウジがわいたそうである。ヤモメぐらしにウジがわく。というので、あわてて大そうじしたら、天井ウラにネズミのミイラがあった。ウジはそのネズミからわいたんだそうだ。

もっとすごいのは、私の心やすくしているロシヤ文学の原卓也（はらたくや）さんのうちで、夜なかにねどこの上へポタリとウジがおちてきた。あくる日天井ウラをしらべたら、おどろいた事に、そこはネコの墓場であった。ネコはけっして死体を人間にみせない、というが、原さんの屋根裏で死んでいたわけ。ミイラになりかかったのや骨だけのもの。まだ死んでまもないものが、折り重なっていたというからすごい。

このあと、原家（はらけ）の人たちがあいついで病気になったというが、こうなると怪談になってしまう。

屋根裏といえば、マンガ家がよくカンヅメになる講談社（こうだんしゃ）の別館に、

「あかずの間」というのがある。なんでもいぜん、そこで殺人か自殺かがあったんだという。よりによって、そのとなりのへやに、私がカンヅメになったことがある。

（カンヅメというのは、作家をむりにへやへとじこめて、げんこうをかかすこと――ねんのため）

雨がシトシトふっていたが、私がねている部屋の天井裏で、ちょうど「あかずの間」の方から、コツ、コツ、足音がきこえだして、ちょうど私のねどこの真上でとまりました。

それからしばらくして、コツ、コツ、足音はとおのいて行った。だが、まもなくまたやってきた。

私はガタガタふるえて、とうとうまんじりともできませんでした。

一晩中、足音は私の上で、歩きまわっていました。そして朝、雨が上ったので、泡を食って編集の人に話したものである。

しらべてみたら、なんの事はなかった。屋根裏のナナメに走っているハリからしたたる、雨もりの音だったのです。「あかずの間」と私の部屋の間をハリがかたむいて通っているので、順ぐりにしずくがむこうからこっちへ、こっちからむこうへ、ポタポタと並んでしたたっていたのでした。

いやはや、マンガ家のスリラーなんて、せいぜいこのていどである。それより、次回にはスリラーのよもやま話でもした方がよろしいようである。

舞台上のスリラー

治虫夜話　第二夜

〝影〟編輯部の中村さんは、いぜん関西民衆劇場という劇団のアクター（俳優）だったそうである。

ところで、かくいう私も十年あまり前、このおなじ劇団にいて、舞台をふんでいたのでオヤオヤ、ナツカシイネということにあいなった。

とうじ、「罪と罰」や「ロミオとジュリエット」なんていう芝居を、大阪の朝日会館で堂々と（？）うっていたのだから、そこいらのへんな劇団とは格がちがう。「罪と罰」では、なんと三階づくりの大セットを舞台にくんだのだからちょっとしたスペクタクルである。

　ところが、その三階のへやまでのぼる役はわたしと、あと二、三人しかいない。しかもその三階たるや、芝居では殺人のおこなわれる部屋で、まことにうすぐらく、三階から見おろすと客席はまっくら。ライトで目はくらむし、おまけに足場がグラグラときているので、わたしの役は三枚目なんですが、三枚目どころじゃない悲劇の主人公だ。

　ところが、おっかなびっくりのわたしのかっこうをみて、客席はゲラゲラわらい出すんです。まだそれでも、ライトがわたしにあたっているときはいいのですが、出場(でば)がおわってライトがきえると、わたしのところは真のヤミ。それでも三階から下まで、うらのハシゴをつかっておりなければなりません。あいにく私は生れつき夜盲症(やもうしょう)なんです。

　このあと二十分ほど、毎日いかに冷汗(ひやあせ)たらしてハシゴにかじりついて奮斗(ふんとう)したか、さっしていただきたい。

この時いらい、舞台のライトと闇とをつかったら、どんなスリラーの新しいのが出来るかと思いついた次第。

が、しかし、あとでロンドンで私の考えたとおりの殺人事件がおこって、いささかびっくりした。

ある有名な劇場で、ヒロインのうるわしき（？）おばあさんが高い足場の上から、下の男にむかって長々としゃべっていたのである。ところが、セリフがおわって引き上げる時何と思ったか、ライトが急に明滅した。そればかりか舞台のあかりぜんぶが花火のようにパッパッときらめいた。

とたんにおばあさんは、足をふみはずして真逆様（まっさかさま）。大けがをしたあげく、病院で死んでしまったのです。

配電室から指紋が検出された。犯人は、まだ十六才の少年。

少年は、このおばあさんが、足場をおりるとき、いつもむりをして

（若さをみせるために）二、三段ずつとびおりていることを知っていた。

そこで、いたずらに、こまらしてやろうぐらいの気持で配電室でライトをいじくったのでした。

宝塚（たからづか）でおこった、セリ出しの胴体まっぷたつ事件なんか、おそらく世界で例のないものじゃないだろうか。

原因は、スカートのヘリに入れてあった金属製のタガが、セリ出しにからまって、胴体をしめつけたんだそうだが、だんまつまの悲鳴をきいてかけつけた舞台監督が、いそいでセリ出しの中からだき上げたら、もうその時は、体の下半分がなかったという。この記事をよんでゾッとしない人はなかったろう。

舞台と客席とをむすんだスリラーで有名なのは、ハムレットの御前（ごぜん）芝居（しばい）の場である。ハムレットが、自分の父の殺されたようすを芝居に仕組んで、殺人者の叔父（おじ）に見せるスリルをシエクスピアは見事に描き出している。

ヒッチコックの「舞台恐怖症」という映画も、異常心理をえがいた俳優の恐怖をよくとらえているし、「オペラ座の怪人」などというお化け話も一応ふんいきがおもしろいですな。

イギリスのプリストリイは　有名な劇作家だが、その短篇小説集の中に「魔王」というのがあります。ハヤカワ・ミステリイ・ブックでも訳されてるから、およみになった人が多いと思うが、あらまし筋をかいてみますと、ある田舎町でへたくそなドサまわりの一座が興行される。ところが、その主役になるアイアトンという男酒をのみすぎて行方不明になってしまいます。

一座では、アイアトンの代役――悪魔大王の役でした――を血眼になってさがします。すると、いつのまにか、薄暗い舞台裏に一人の男が立っている。どうも、魔王の姿に化けたアイアトンらしい。いかにも堂々としている。

とにかく芝居がはじまる。が、それからが奇妙である。まず、舞台の俳優たちが、ひとりでにかってなことをしゃべり出したり、ものがいえなくなったりする。

舞台に花束がさし出されると、それがみんなたちまち、枯れてしまう。わけもないのにお客がワアワアさわぎだす。その上、カミナリが鳴る、稲光りがきらめく。こんな騒ぎのうちに、そのふしぎな男は、けむりのようにきえてしまうのです。

その男の正体がなんだっていうのですか——アイアトンに化けた本物の魔王だったのです。というオチ。ヒヒヒ……

ハガキの怪談

彼はハガキをうけとった。だれからのハガキか彼にはトンとけんとうがつかなかった。表にはただ彼の住所と名前があり、うらには見おぼえのない文字で——十月二十三日死亡——とだけしたためてある。

彼はやりきれない気持でポイッとそれを屑かごにほうりこんだ。

あくる日、また同じ文面のハガキが舞い込んだ。

しかも二通——

——十月二十三日死亡——

彼はギョッとなって、しばらくハガキに手を触(ふ)れる気にならなかった。

彼はハガキを裏へ持ち出して焼いた。

ハガキはチリチリとにごった煙を出しながら燃えた。その翌日には三通のハガキが舞い込んだ。

次の日は四通になっていった。一日たつごとにハガキの数はふえていった。同じ文面同じ文体。

――十月二十三日死亡――

彼は必死になって消印をしらべた。なんとハガキは日本中のあちこちから出されていることがわかった。日本中の何者かから彼のところへハガキをよこしてなにかを予告しているのだ。

彼は悲鳴(ひめい)をあげた。

十月二十三日はハガキの数は百五十枚にたっした。

彼はもう破く気力もなく部屋に放置しておいた。

ハガキの山は彼の座る所も奪うほどうず高くつまれていった。

郵便配達人がゴッソリとくくったハガキの束をドサリと彼の部屋の入口においていった。

彼はうめき声を出して、土気色（つちけいろ）になった顔を力なく振ったその日の夕方、ほとんど天井にとどくほどになったハガキの山の中で彼はジッと動かなくなった。部屋はうすぐらくなり頬（ほお）のこけた彼の顔を影がおおっていた。

× × × ×

探偵推理アクションマンガシリーズ「XYZ」の懸賞ページ。

「先月号この欄に掲載いたしましたクイズ」

「彼は何月何日に死ぬか？」の正解は「十月二十三日死亡」でした。

なお編集部の手おちのため宛先が当社名中村正美堂（なかむらせいびどう）のうち「美」と「堂」の活字がおちており、また「住所氏名はかならずかくこと」が「かならずかかぬこと」になっておりましたので非常にごめいわくをおかけし多くのお問合せがありましたことをおわび申し上げます。
したがって本回のクイズはいちおう全部無効と致します。

×　×　×　×　×

彼——中村正——は運わるく中村正美堂とおなじ町内にすんでいたので　ハガキはまちがって配達されていたのである。

日本一のおばけ屋敷

最近になって、アメリカのある地方で、化粧水（けしょうすい）や飲料水の瓶（びん）の蓋（ふた）が、ひとりでにポンポンぬけるという怪現象がおこった。あわててしめておくとまた大きな音を立ててぬけてしまう。とうとう町中（まちじゅう）どころか、アメリカ中の大評判になって、有名な科学者の調査団がしらべに来たんだが、とうとう原因がわからなかった。という怪事件がある。

アメリカですらこれだから、日本だって原子力時代になっても、いまだにあっちこっちでお化映画が盛んだし幽霊を見たという人はちっとも絶えない。ところで、明治、大正、昭和を通じて、わが国ではおそらく空前絶后といえるほどの、化物屋敷が現にある。これは実際におこった話だがいまだにその原因がつかめないので、尻切れトンボのようなものだが眉にツバをつけてよんで下さい。

福島県伊達郡伊達崎村（今は桑折町になった）に、明治のころに二十七円で家をたてた人があった。二十七円とは馬鹿々鹿しい話だが、今の金額にしてざっと三百万円の値打である。

この家はもともととなりの桑折町にあった旧米沢藩の代官屋敷を熊谷という人がそっくりそのままもってきて自分の家に改築したのである。そして、あらかたできた時、ある夜おいわいの宴会をひらいた。

大工（だいく）、左官（さかん）など五十何人かが、三間（ま）ブッ通しにすわって、ワイワイさわいでいる最中だった。

「いたいっー」

だれか一人が大声で叫んだ。見ると、どこからかコブシぐらいの大きさの石がとんできて、大工の一人のホホにぶつかったのだ。

「やい、ふざけるないどいつのいたずらだ！」と、みんな立上った時またもやとんできた石が、こんどは主人の頭へあたった。

と、おもうと、石は、雨のようにバラバラ降ってきた。ざしきは大さわぎだ。

「こん畜生（ちくしょう）、
ひっとらえて、
たたきのめせッー」

「がってんだー」

連中が我先にと庭へとび出したが、人っ子一人いない、いまいましげにもとのざしきへ上って、のみ始めると、たちまちバラバラッと石の雨だ。

こうしたことが三回もくりかえされたので主人の熊谷元亮は、二十人あまりをしたがえて家のまわりを、グルリととりかこんだ。

そして、げんじゅうな警戒の目を光らしていたのにもかかわらずまたもや七、八この石がタバになってざしきへとびこんできた。

おかげで、大工たちはあきれはて、よいもなにもさめてしまってほうほうのていでにげて行った。その晩なげこまれた石の数は何百コにも上り、カマスに二ハイもあったそうだ。

それからというもの熊谷家には毎日、朝昼晩をとわず石降りがつづいたので、とうとう桑折警察から、くっきょうな警官が十数人もくり出してきた。主人は主人で、深川町の消防士を十人ほどよびよせ、警官といっしょになって、家のまわりをしっかり固めさせたがそれでも石降りはやまない。しまいに、山伏などをまねいて、ホラ貝をブーブー吹きならさせたり、いのらせたりしたが、この怪事はとうとう、一年もつづいてしまった。

その当時、熊谷家では毎月四斗五升入りの米ダワラをはたいて焚出しをやったというから、いかに大ぜいの人たちがくり出されたかがわかる。

この石は、現在、熊谷家の井戸バタや庭につまれたままになっている。見ると、だいたいが茶褐色のふつうの山の石で、そこから二十キロメートルほどはなれた半田山にある石とよく似ている。

石降りのない日は、そのかわりほかの怪異があった。夜中に急に家鳴りがしたり、天井うらで、だれともわからない声が、ベラベラしゃべったりした。

ある日、お手伝いさんが早くおきて表戸をあけると、しまのハンテンに、もも引きをはいた四十がらみの小男が、ホオカムリをして、うちの中から出て行ったのでびっくりした。だれにきいてもそのような人間は、ついぞみかけないのだった。

二、三カ月たったあと半兵衛という熊谷家のとしよりが、ひとりでお酒をのんでいると、いきなり盃がペッタリほっぺたにすいついてどうしてもはなれないという出来事がおこった。すっかりおじけづいた半兵衛さんは、とうとう勝手元に神棚をつくって、おミキを毎日供えだした。それでその后こんどは半兵衛さんがのんでいると、お化はときどき石のかわりに、お酒のサカナなんかを降らせてくれたそうだが、これはどうもつくり話のようである。

伊達崎（だんざき）村に、金太郎という腕っプシのつよい男がいて、ある夜、化物（ばけもの）の正体をみてやるといって熊谷（くまがい）家へとまりこんだ。すると夜中に体がマリのように天井へブツかっては、はねかえったので、とうとうがまんできずに、逃げ出してしまった。

その翌年の正月、年始に来た保原町（やすはらちょう）の医者の高城（たかぎ）という人が、うっかりお化の話にケチをつけて、

「そんなバカなことかあるものか！もしこの場にそのおバケが出て来たとしたら、きってすててやるから！」とどなった。するとそのとたん、お手伝いがつくっていたイモ汁のスリバチがとんできて、高城氏のあたまの上でチュウがえりしたので、高城医師は頭からイモ汁だら

けになってしまった。彼はアタフタとかえっていくとちゅう阿武隈川の渡船の前あたりで、急にとんで来た小刀のために、けがをして、ねこんでしまったそうである。

とうとうウワサは県庁にとんで、報告書が提出されたので、知事もすてておけず、安場知事が役場の連中の案内でゾロゾロ臨検にのりこんできた。

このとき、随行の山吉という人が、ざしきのまん中で、
「この文明の世の中に、妖怪なんているものか、迷信だ！」
といきまいたとき、いきなり山吉氏のたべていた料理のお皿がスーッときえてしまったそうだ。

とうとう知事は、熊谷家に立のきを命じた。だが、その命令をだまってきく熊谷氏ではなかった。なにしろ代々名門の医者で、苗字帯刀

を許されていたのだから、立（たち）のくなんて、家門（かもん）の名折（なお）れだというのだ。

県庁では、それではというので、県費で大きなガラス鏡をたくさん買い、熊谷家の要所々々（ようしょようしょ）にかかげさせ、その上夜間照明をしたので、熊谷家のまわりは夜中でもまっ昼間のように明るくなった。

さらに、剣道師範（けんどうしはん）の尾村（おのむら）という福島県随一（ずいいち）の勇士をよんできた。

ところがその晩、おどり出した刀のために　この尾村剣士はひどい目にあわされた。それどころかそれ以后（いご）、おバケは金属性のものに目をつけ、ホウチョウや火バシ、鉄槌（かなづち）、ナタ、鎌（かま）、針、ハサミ、およそ金気（かなけ）のものは、何によらずどこかへ行ってしまうのだった。熊谷家の名刀（めいとう）もその例にもれなかった。これらは現在まで、どこへ行ったのかまだ行方（ゆくえ）がわからない。

石降りのかわりに、アメがふってきたり、お金がふってきたりしたこともある。

とうとう熊谷家では悪霊退散（あくりょうたいさん）のお祭を、盛大にはじめることになったが、そのばん神主（かんぬし）のエボシがふっとび、衣裳（いしょう）がズタズタに破かれてしまった。それでもあきたらなくなったおバケは、神主の孫娘に病をおこさせ　その上娘の頭にベットリくろいものをぬりつけ、いくら洗いおとしても、またぬりつけるのだった。

次に、このくろぬりは、元亮（げんすけ）氏の大切な、「博物新篇（はくぶつしんぺん）」という古書（こしょ）へ、ところかまわずはじめられた。

とうとう何年かたって、最大の怪事件がおこった。タンスというタンスから、一度にボーッと煙が出はじめたのだ。それッ、火事だというので、大あわてで家中（いえじゅう）のものを庭へもち出したが、中のきものは、夫婦のものにかぎり、焼けこげてボロボロの灰になっている。ほかの人間のきものは同じ所に入れてあっても、何の異常もない。元亮氏はちょうど外出していたが、かえってきてきものをぬいだとたん、それもボーッともえてしまった。

♠◆♥♣

こうして熊谷家の怪事件は、思わぬ火事でおしまいをつげた。

そのあと、飼犬のマツが、何物かに耳をかみきられたりしたそうだが、現在は、すっかり静かになって、ただその時の石が、思い出のタネになっているそうである。

おわり

姿なき怪事件

マクレーブル氏は、急に九時からの会合を思い出した。泡（あわ）をくって、薄やみのガレージへとび出したかれは、自家用のスチュードベーカーの扉（どあ）をひっぺがすようにしてあけた。

ギヤを入れようとした瞬間だった。

バン！

破裂音がうしろ窓に聞こえた。ぎょッとして振りむくと、安全ガラスに、丸い穴があいてひびわれが出来ている。マクレーブル氏は、とっさに座席に身をかがめた。

「畜生め、誰だ！」

かれのわめき声に、しずけさが答えた。

「おれは誰にもうらまれる筈はない。取引仲間でも人づきあいは悪くない方だ。だのにふい打ちとは――」

かれはハッと思いついた。ジョニー…そうだ、ジョニーの奴かもしれない。五年前ベリングハムの町で奴に恥をかかせたことがある！

おれに悪意を持ってる奴があるとすると奴だ……

「ジョニーか！　卑怯な真似はやめて出て来い！」

マクレーブル氏は暗闇に向ってどなった。何の反応もない。そればかりか、弾丸も二度ととんで来なかった。

十分ばかり車の中にひそんでいたかれは部屋の中へとってかえした。

警察へ電話するためであった。受話器をとろうとした瞬間、相手から逆にベルが鳴り出した。かれは受話器を耳にあてた。

「ハロウ？　マクレーブル氏かね？　おれだ。ジョニー・スローンだ」

「ジョニーだって！　きさま、いまどこにいるんだ！」

「ベリングハムさ」ジョニーの声はどなりつけた。「よくも君は、部下をつかっておれに不意打ちをくらわしたな！」

「なんだって？　待ってくれ、それはおれが言いたい言葉だよ」

「ふん、たったいま、おれの車へ弾丸をブチ込んだのは君だろう。おれは君以外には敵が居ない筈だからな」

「なんだって！こっちもいま、車のガラスを撃ちぬかれた所だ。犯人はてっきりきさまだと…」

「ふざけるなよ！　そうすると、おれも君も、おんなじ時間に、誰ともわからない奴から、車にピストルをくらったというのか、ばかばかしいや」
「しかし、事実なんだ！　とするとおかしいぞ。おれとときさまとに、共同の敵というものがあるのかな……」マクレーブル氏は、あっけにとられて考え込んだ。

(2)

そのよく日の朝、マクレーブル氏とジョニー・スローンとはシヤトルの町のバーであった。

そしてふたりの車をねらったやつは誰だろうと考えた。これはてっきり、組織の大きな殺し屋の団体だろうということになった。おなじ時間にシヤトルとベリングハムで、車を襲撃（しゅうげき）するなんて、個人ではできないからだ。

シヤトルに、ビッグ・アイと称する不良団があって、取引のことで、マクレーブル氏もジョニーもかれらにけむたがられていた。共同の敵として、むりに考えるとビッグ・アイしかない。

ふたりは警察へのりこんで、ビッグ・アイのことを訴えた。ところが、おどろいたことに先客がいた。それも二人や三人ではなかった。二、三十人の人たちが、ゆうべからけさにかけて、自家用車やトラックに弾丸をくらったというのだ。

「みなさん。本署としても、この重大事件を見逃がすわけにはまいりません。なぜならこれは官憲（かんけん）への嘲笑（ちょうしょう）である。本署のパトロール・カーも今朝（けさ）がた、二十台一せいに窓ガラスに穴をあけられたからであります」

署長までこう言ったので、またもや大さわぎになった。どうやら犯人は滅茶苦茶（めちゃくちゃ）に窓ガラスをわって歩いているだけらしい。さいわいけが人や死人は居なかった。

ところが、昼すぎになって、またも百台ちかくの車の窓ガラスがわれて丸い穴があいた。ベリングハム市でも、五百台からの車の窓が、わけもないのに台なしにされた。

人人(ひとびと)は、この念のいった怪事件にふるえ上ったのである。

（3）

五、六日たつうちに、ベリングハム市の怪事件は数千件にもなり、こらえきれなくなった市長は、シヤトルの市長とうちあわせて、アイゼンハウアー大統領に泣きついた。原因調査をたのんだのである。

姿なき怪人は、シヤトルやベリングハムにあきたらなくなると、つぎにシカゴへうつった。また南下してオレゴン州からカリフォルニヤ、ついにはメキシコまで侵入した。東部ではついにニューヨークがやられ、北へ上（あが）ってカナダのトロント市までが、一せいに窓ガラスのわれる事件にまきこまれた。

しかも、このころになるといたずらは発展して、ビルのガラスにもおよんできた。

「子供のいたずらじゃありませんかね。ガラスをこっそりわる、悪質ないたずらが、子供にはやってるんじゃないか」

と、マクレーブル氏は友人に言うほど、このブームのはやさはすさまじいものだった。

「とうとう、事件は、海をこえましたぜ」ソーダ・ファウンテンの親父（おやじ）が新聞をマクレーブル氏にわたした。

「へえ！日本やインドにもおこったのかね！」「東京のリユーセンジという町やら、船橋やら、川崎で、おんなじようなガラス事件がおこったそうですよ。ただし、こっちのは穴があいたんじゃなく、ただヒビわれだけらしい……」

「おどろいたな、いまに世界じゅうのガラスというガラスが、台無しになるぜ」

「ガラス屋大もうけ、という所ですな！やれやれ」

（4）

ある夜、マクレーブル氏は、替えたてのガラスをはめこんだ車を、たったひとりで運転して、くらい夜道をとばしていた。すると、とつぜん前方から、まっくろの液状のものがおちてきて、前面ガラスにペチャッとへばりついた。アッとマクレーブル氏がおどろくまもなく、そのくろい液はガラスをとかして穴をあけてしまった。

マクレーブル氏は真青(まっさお)になって車をとび出し、ボックスへとびこんだ。

「もしもし！　警察ですか、ガラスわりの正体を見ました。ええ、たった今…」

だがその時には、すでに三十人ぐらいの人が、おなじ報告をしていたのである。

××××

安全ガラスというものは内部にかなりのヒズミの戸がある。だから、もし内部にヒビでもはいると、全体のバランスがくずれて、ガラス全部にヒビがいってしまう。

東大理学部の平田森之(ひらたもりゆき)教授の、この事件の研究の報告書によると、その中に、

「ホコリのまさつでガラスにこまかいキズがつき、たびかさなって深

くなり、内部へとどく場合がある」

しかし、これではしゅんかん的に穴をあける説明にはならない。

警視庁捜査一課の野々村(ののむら)氏は、これを、宇宙塵(うちゅうじん)のとくべつなものだとしている。

つまり山の気流にぶつかって、高空にういていた冷えきった宇宙塵がおちてきて、ガラスにぶつかる。このときもし、ガラスをとかすような物質（弗化水素(ふっかすいそ)）などがこおったままくっついていると、それがきゅうにじょうはつして、ふくれ上(あが)り、ガラスをわる。というのだ。

これは仮説だが、こうしてガラスのわれるふしぎな事件は謎(なぞ)をひめたまま今日(こんにち)に及んでいる。

いまから五年前のできごとである。

おわり

毒殺物語

探偵作家にとって、いちばん手っとり早くて、いちばん陰惨な殺人の方法がこれです。それに、小説家は、ありもしない空想の毒薬を、いくらでもかんがえだせるからべんりです。

ドクということばは、いかにも毒々しいから、場面のすごみや、おそろしい想像を、よむ方におこさせるのには、もってこいですな。

たとえ人殺しの薬ではなくとも、人間のからだに異変をおこさせる薬は、けっきょくその人間をころしてしまう運命になる、といったスジのものが多いのは、やっぱりドクということばが、かなりピンときているせいでもありましょう。

有名なシェクスピアは、その名作「ロミオとジュリエット」で、いちど人間を死なせてまた生きかえらせるくすりをかいています。このくすりをのむと、心臓はとまり、息はせず、からだはかたくなって、死人とおんなじようになるので、死んだとおもって埋められますが、あとで墓場の中でよみがえるくすりをのませる、というのです、ところが、これもあるまちがいがもとで、けっきょく生き返ってもまた死んでしまいます。

スチーブンソン（「宝島」の作者）の、「ジキル博士とハイド氏」では、人間のからだを一時てきに、悪魔か猿のようにしてしまうくすりがでてきますが、これもさいごには主人公が死んでしまう。ウエルズの「透明人間」でも、主人公はくすりの力で、からだがすきとおってしまいますが、とたんに死んで、またボーッとからだがみえてくる、といったあんばいです。

こうしてみると、小説にはいろいろくすりがあるものですが、くすりのことにじっさいにくわしかった小説家というものは、あんまりおりません。その点、モンテクリスト伯（がんくつ王）をかいたデュマなどは、薬学者としてもりっぱなもので、主人公のモンテクリスト伯は、インドかどこかで仕入れたふしぎなくすりを箱一ぱいもっていますし、また、毒殺をするために、伯しゃくにおしえてもらいにきたヴィルフォール夫人に、こんなことをいっています。

「かりにあなたがこの毒を、一ミリグラムを第一日に、二ミリグラムを二日目（ふつかめ）に…というふうに、のんでいくと、三十日目には、じつに三センチグラムをのむことができるようになります。しかもこの量は、はじめての人がとったら、たちまち死んでしまいます。そこで、あなたがころそうとする人と、ごはんをたべるとき、この毒を入れた水さしからおなじようにお互（たが）いにわけてのんでごらん。あいてはたちまち死にますが、あなたは、おなじ水をのんでもへいきなのだから、まさかあの水が毒なのだということはわかりません」

　この小説が、まだ毒物の免疫性（めんえきせい）という研究があんまりおこなわれていないころかかれたことを考えると、デューマの知識に、まったくおどろいてしまうじゃありませんか。

　毒殺をするには、どうやって毒をあたえるかということと、毒をあたえてから、それがみつからないような方法のふたつが、犯人の頭をひねる点です。だから、むかしの人はいろいろくしんをしました。毒のあたえ方には、毒をぬった剣(けん)、毒針(どくばり)の指輪、毒のクツ、毒手袋(どくてぶくろ)などをつかいました。なかでも、毒シャツは、今から三百年くらい前に、さかんにつかわれた、というのですが、これがほんとにあったかどうかは、どうもあやしいものです。

ラ・ボスという女は、この毒シャツで、たくさんの人をころしましたが、その女の話によると、シャツに亜砒酸(あひさん)をしみこませたものを、あいてにきせると、はげしい痛みと炎症(えんしょう)をおこさせ、しかも、けっしてその原因がわからないので、発見されるおそれはない、というのだそうです。サヴォイ公しゃくなどは、こういった毒シャツで、ころされたということですが、どっちにしろ今日(こんにち)では、こういった毒殺はとっくにすたれてしまいました。

四十年前、フランスのナッスという人が、はたして毒シャツが有効かどうかをしるために、動物実験をやりました。つまり、モルモットの毛をすこしそりおとして、そこに亜砒酸をしみこませた綿をくっつけたのです。

一日六、七回、そこをこすっていたら、モルモットはだんだんよわってきて、三日后にしんだそうです。そして、解剖してみると、内臓に亜砒酸の中毒症状をおこしていたといいます。これをみると、毒シャツの話も、まんざらでたらめでもなさそうです。

粉にしたガラスを、水や食物にまぜてのませて殺すという方法も、インドあたりではむかしから行われてきました。ガラスの粉が胃壁をきずつけて、潰瘍をおこさせて、しなせるのです。一八七四年、インドのパロダ王が、イギリス公使ブエール大佐を、粉ガラスで毒殺したのは有名な話です。パロダ王は、インド王とイギリスの裁判官によって、裁判されましたが、「しょうこ不充分」という判決でたすかりました。

ダイヤモンドも、かたいので粉ガラスとおなじように粉にしたものを、よくつかわれました。

むかしバラセルズスという科学者は、ダイヤモンドの粉をのんで自殺したそうです。

一時パリで有名な犯罪者たちがつかった秘密の毒薬には、このダイヤモンドの粉がはいっていた、といわれていましたが、ほんとうは鉛糖（えんとう）が成分だったことがわかりました。

かわったところでは、豚の針毛（はりげ）をこまかく切って、食べ物にまぜてころした例があります。（百年前、フランス）これも、豚の針毛がかたくてするどい所からおもいついたものです。

この事件からヒントをえたとみえて、ジェームス・ペインという作家が、「ハルブス」という小説の中に、馬の毛をこまかく切って毒殺をやった、という事件をかいていますが、かなしいかな、馬の毛はやわらかくて、豚の毛のような方法にはつかえないのです。ペインは豚の毛で死ぬのだから、馬ならなお死ぬだろうとかんがえてかいたのでしょう。

だから、作家やマンガ家のかく毒殺のはなしなんて、みんないいかげんなものですな。というわけで、私の話も、まゆにツバをつけて、よんでもらった方がよろしい。

一九三〇年のはじめ、カリフォルニヤのロヂーに、ラァレイ・コンスタチーノという牧場主がいました。かれの弟のアルドーは手くせがわるくって、ラァレイの収入のほとんど三分の一を、遊興費にあてしまうほどのならずものでしたが、しまいには金にこまって、とうとう兄の遺産をねらい出しました。どうにかして、ラァレイをころしてしまい、自分が牧場の実権をにぎろうと、おそろしい計画をたてたのです。

アルドーは、まず兄に自殺をよそおわせるため、兄をころすには兄のピストルをつかうことにきめました。つぎに、兄が自殺をするような動機をつくるために、ちかくの町のインチキ業者とむちゃな取引きをして、兄が大損をしたというような、にせの書類をこしらえました。そして、用意万端ととのってから、アルドーは兄にむかって、さりげなく、

「にいさんのもっているコルトを四、五日のあいだ、毎日かしてほし

いな、ある友だちと賭(か)けて、射撃の腕前を見せなきゃならないんだが、しばらく練習したいんだ」

とたのみました。ラァレイは、「ああ、引出(ひきだ)しの中にあるよ、だがあぶないまねはやめろよ」といって、かんたんにかしてくれました。

四、五日の練習ののち、アルドーは、夜目(よめ)にも遠い標的(ひょうてき)を、まちがいなくあてることができるまでに上達しました。

ある晩、アルドーは牧場のしげみのかげで家の裏に出てきたラァレイをねらいました。轟然一発(ごうぜんいっぱつ)、ラァレイはぱったりたおれました。

アルドーは指紋(しもん)をのこさぬように、ピストルをていねいにふいてから、そっと兄の手ににぎらせたのです。

よく日の地方新聞は、牧場主ラァレイの自殺をデカデカとのせました。インチキ業者にまるめこまれて、大損(おおぞん)をしたという記事ものりました。

牧場主のあとがまにすわりこんだアルドーは、うわべは兄の借金のかたづけに大さわぎのふりをしながら、内心(ないしん)はほくそえんでいました。

ところが、兄の死んだ昼からどうも気分がわるいなと思ったのもつかのま、夕方になってきゅうに苦しみ出し、もだえころげまわったあげく、死んでしまったのです。

世間(せけん)では、さっぱり原因がわかりませんでした。医者は、巧妙(こうみょう)な毒殺であると断定しました。誰が毒をもったのか、そしてどうやって？　事件は、さっぱり解決しないまま、六年がすぎてしまいました。

さて、みなさん、毒殺犯人はだれだったのでしょうか。それは、ふとしたことから発見された兄ラァレイの、告白書のかきつぶしをよめばわかります。

「私は弟が重荷(おもに)になった。弟は生きているべきでない。私はかれを抹殺(まっさつ)することをかんがえ、毎日その機会をねらった。運よく彼は私の銃(じゅう)をもてあそんでいる。
私はコルト銃の引金(ひきがね)に毒をぬることを思いついた。アルドーは指をなめるくせがあるから。こいつは成功するだろう。私は今夜試みようと思う。彼が死ねば私は……。」

おわり

ペット

オズマ隊長

ひとりの老人が、ペットの動物をかっていた。

それは、むかしはずいぶんたくさんいた動物だった。でももう、ほろびかかって、いまでは――二〇〇×年には――世界に、ほんのわずかしかいない、めずらしいものだった。

老人は、このペットを、いつも肩にとまらせたり、ごはんをいっしょにたべたりしていた。

「わしの財産は、みんな、こいつにやるんじゃ」

老人はいつも、本気でそういった。

親るいに、わるい男がいて、老人の家へしのびこんだ。

男は、老人のかくしてある宝石がほしかったのだ。

居間へはいったとたん、ばったり老人にぶつかった。

「なにごとじゃ！」

男はいきなり、ますいピストルを出すと、老人めがけてうった。老人は人形のように、ドタリとたおれた。

男はマスクをはずし、ぐったりした老人をかかえて地下室へほうりこんだ。ふと、老人のポケットをさぐると、へんなものがでてきた。

それは、ペットのエサの合成チーズだった。老人はいつもポケットにいれていたのだ。

男は家じゅうをひっかきまわして、宝石の箱をみつけた。マスクのおかげで、老人に顔はみられなかった。たとえ老人が息をふきかえしたとしても……犯人はわかるまい。

男は自分のうちへかえって、イスにもたれ、ゆっくりタバコをふかした。

とつぜんブザーの音、男は、玄関へつうじるテレビのスイッチをおした。

画面には、名警部とうわさのたかい、オズマ、パトロール隊長の、かわいらしい顔がうつった。

「こんにちは、おじゃまします」

「なんの用かね。警察が私に」

「ご親せきの老人が盗難にあわれました。とられたのは宝石です。これをしっているのはわずかな人しかないと､老人がいっておられます」

「おれがとったとでもいうのかね。ばかな！」

「犯人は、老人のかっていたペットのエサの、チーズをつまみ出したのです。犯人の手にチーズのにおいがのこったので、ペットは、そのにおいにつられて、犯人の家までくっついていったはずです。ひとつ、あなたのへやにペットがいるかどうか、しらべさせてくれませんか？」

「ちくしょうめ！」男はさけんだ。へやの天じょうには、老人のペット――二〇〇×年にはもう、世界じゅうに、すがたがほとんどみられなくなったハエが一ぴき……。

空港の決闘

オズマ隊長

〝オズマ、わすれやしまいな。おれの名は、東京ジョーだ。おまえに一年前、ろうやにほうりこまれた、あの指名犯人さ。

あれから脱獄して、あるところにかくれていたんだ。そのあいだに、ピストルの腕はみっちり上達した。もう、一年前みたいに、おまえにまけるような、へまはしないぞ。二十一日の午前七時、おれは空港へつくからむかえにこい。おまえも男なら、ひとりでこい。七時かっきりに、おまえと一対一でけりをつけよう。

もし、手勢(てぜい)をたのんでおれをとらえたりしたら、おまえの手がらにはなるだろうが、世間のわらいものだぜ。なにしろ、この手紙はなかまにうつしとらせて、ぜんぶの新聞社におくってあるのだ。男のやくそくをやぶるようなことをすれば、おまえはひきょう者だ。

あばよ。七時にあおう〟

こういう手紙を、オズマはうけとった。「どうするね、相手はきょう悪犯だ。非常手配しようか」総監がしんぱいそうにいった。

「いいえ、ぼくひとりで、あいつをむかえてやります」オズマは、きっぱりといった。

× × × × ×

七時。ロケットが空港へ着陸し、ハッチがあいて、お客がぞろぞろおりだした。

その中のひとりが、ススッと横へ走った。

パシーン!!

その男のぬいたピストルより、一しゅんはやく、オズマのピストルのたまが、その男の武器をはじきとばした。

「ばかなやつだ！」

オズマは、うずくまった男を見おろしてつぶやいた。

「あんなところで早射ちの練習をしたって地球へかえってくれば、引力がぜんぜんちがうから、重くて、なんの役にも立たないことを忘れたのか……月にかくれていたなんて、ばかなやつだ！」

投石

オズマ隊長

「またやられましたか！」

大けがをして、かつぎこまれてきた人をみてオズマ隊長は、かおをしかめた。

「もう六人目ですね。いったい、だれが、なんのうらみで、通行人に石をぶつけるのでしょう。それも、なげる犯人をみたものはひとりもいない。ずいぶんとおくからなげて、命中させるもんですねえ」

「もと、野球の選手なんだろう」

「あたった石は、どれですか？」

「それがきみ、おかしいんだ。あんなに大きな石なのに、どこにも落ちていない」

　医者は、首をかしげている。

「なんとかして、犯人をみつけましょう。今夜こそ、オトリをつかって、現場をつかまえます！」

「しかし、オトリがけがでもしたら、いかんぜ」

「だいじょうぶ。ロボットをつかいますから」

　通行人のかっこうをしたロボットが、その夜おそく、オズマ隊長に命令されて、さみしい路地をあるいていた。

「石をぶつけるなんて、原始てきないたずらだな。もっとも　むかし、カマガサキとかいう所でよくあったんだそうだけど……」

物かげでオズマがそうかんがえているとき、ぴゅうと音がして、石がとんできた。

ガシーン！　はでにぶつかってロボットがぶったおれた。

石もわれている。オズマはとびだした。

石の中からこまかい機械の部品がむきだしている。

「あっ、リモート・コントロールの石だ！」

なるほど、これで犯人は、とおくから石をそうじゅうして通行人にぶっつけていたのだ。命中率百パーセントのわけである。

犯人はすぐつかまった。

「人間ナミニ、アツカッテクレナイノデ、腹イセニ…ツイ…」と犯人がぼやいた。犯人は、ロボットだった。

二つの顔

オズマ隊長

「さわぐな！」

だしぬけに銀行へとびこんできた、のっぺりした顔の、マシン・ガンの男。

ダダダダッ……バリバリバリーン

いきなり、マシン・ガンが火をふいて、自動警報器を、こっぱみじんに、ふっとばした。

やりなれた、手口だった。

男は、ぼんやりつったったみんなをしり目に、引き出しから札束をぬきとると、サッと銀行をとび出して、車でどこかへにげさってしまった。

カチカチ…カチ…

ロボット記憶機の音だけが、あらしのあとのしじまのなかに、かすかにきこえている。

×　×　×

「髪は黒かっ色、目のタイプ三十八、鼻はAR型、顔面のヒフのつやは五十六度…ふうむ…」

オズマ隊長が、ロボット記憶機からはき出されるテープをみて、かんがえこんでいる。

「この記録からかんがえると、犯人の顔は、しぜんなものじゃありませんね。どうかんがえても、数字がおかしい。いちど、整形手術で、かおかたちをすっかりかえた人相ですね」

「そうかもしれんな」

捜査本部長がうなずいた。

「そうなら、はやくつかまえなければ、また人相をかえてしまうぞ！　そうなるとロボット記憶機なんか、やくにたたん！」

「なあに、姿はかわっても、心まではそうかんたんにはかえられませんよ。まあ、ぼくにまかせてください」オズマは自信たっぷりだ。

×　×　×

そうぞうどおり、銀行やぶりの男は、もぐりの整形外科医のうちへとびこんだ。

「先生、また顔をかえてほしいんだ。そうだ。性格も心も、まるっきりかえることができるか？　別人のようにな！」

「できるとも」お医者は、ずるそうにわらった。「いまの医学のちからでは、人間を別人にかえることなんか、おやすいご用だ。ただ、お金さえ、たっぷりはらえば、な」

「ありがたい！　さっそくたのむぜ。先生」

お医者は、男のかおをしらべた。「あんたはまえにも、手術したことがあるね？」

男はギョッとした。「ああ、あるかもしれない。だが、そんなことはわすれちまったよ」

「ま、いい。では、どういう顔になりたいか、見本からえらびなさい」

男は、わたされたカードの写真をつぎつぎに見ていった。ふと、一枚の写真に目がすいつけられた。女の顔だった。

「こいつは気にいった。先生、女になることも、できるのかい？」

「ああ、かんたんなものだよ」

「じゃあこの顔にしてくれ。おれは女に生まれかわってやる。警察め、オズマのやつ、ざまをみろ！　もうこれで、ぜったい見つかるもんか！」男は安心しきって、ゆかいそうに笑った。

×　×　×

「犯人のとびこんだ病院がわかりましたっ」刑事が、こうふんしてオズマ隊長にしらせた。

「よしっ、病院をとりかこめ！　患者をにがすなっ」

バラバラと警官たちが散る。オズマたちが用心しながら玄関へふみこむ。にがりきったお医者がでてきた。

「患者をしらべたい。ついでに、あなたもね」オズマはお医者をにらみつけた。

「ご自由に。ただ、入院患者のほうたいをとることはゆるしませんぞ。人のいのちにかかわることだ」

「あっ！」

ズラリと並んだ患者は、まるでミイラのように、どれもからだじゅうにほうたいをまいているのだ。

一か月たった。

「さあ、これから電気で心をかえるのだ」と、お医者が、ほうたいだらけのギャングに言った。「そうすると、いままでのことはすっかりわすれて別人になれるぞ。ふふふ。そのまえに、手術代をはらってもらおう。手術代までわすれられちゃこまるからな」

「いくら？」ギャングがきいた。

「二千万円だよ」

「じょうだんじゃない！　そんな大金！」

「あんたが銀行からとってきた金があるだろう？」

お医者はずるそうにわらった。

ギャングは、いきなりお医者にとびかかって、首をしめた。お医者は、ゆかにのびてしまった。

ギャングはほうたいをとりはじめた。あらわれたのは女のかお――あの写真のとおりのかおだった。

もう、男はどこにもいないのだ、この世には。

女は、いそいで服をきると病院をぬけだし飛行場へいそいだ。どこかとおい所へにげよう。まさか、私が犯人だとは……。

オズマに、ばったりであった。

「まてっ！」

「あら、なにか私に……」

「きみをたいほする！　きみは指名犯人だっ！」

「まって。私が銀行ギャングでもしたというの？　ふざけないでよ」

「いや、三年まえのサギ事件の犯人としてたいほするのだ」

「ええっ！」

×　×　×　×

「あの女は、じつは三年前、わるいことをして、にげまわったすえに、手術で男になっていたんですよ。それが、銀行ギャングをはたらいて、また、手術でかおをかえることになって、うっかりえらんでしまったんですよ……自分の、もとのかおの写真をね！」

長い長い昼

オズマ隊長

「ケイちゃん……おねがい……元気をだして……」 おかあさんは、涙をいっぱいためて、よびつづけた。白い毛布にくるまった、ことし四歳のケイちゃんは、かすかなこえで、こたえた。

「ママ、しってるよ。ぼく、きょうの夕方しぬんだね」

「そんなこと、うそよ！　ケイちゃんがしぬなんて……」

「ううん、おいしゃさんがいってたの、きいたよ。この病気、火星からうつってきた伝染病だってね。おくすりは、あと三日たたないと火星から、とどかないんだろ。それまでにぼく、しんじゃうんだね。ママ、さよなら」

「先生!! なんとか……」おかあさんは、おいしゃにすがった。

「あと三日は……どうですか……よっぽどの精神力がなければ……もちませんでしょうが」

お見まいにきていた、オズマは、なにかをおもいついた。「ぼくに、まかせてください!!」

ケイちゃんは、飛行機にのせられた。

「ね、きみ、飛行機ははじめてだろ。たのしいよ」飛行機は、どんどんとんでいった。「いま何時?」ケイちゃんがきいた。

「まだお昼だよ。ほら、太陽があんなにま上じゃないか」

ケイちゃんは、うとうととねた。「何時なの？」「まだ、お昼ちょっとすぎだよ」オズマは、本を読んでやった。

「何時？　夕方はまだ？」「太陽をごらん。まだ高いだろ」

「ぼく、おなかがすいたなあ」長い長い時間がすぎたようだった。「まだ夕方じゃないの？　ぼく、あきちゃったなあ……」そのとき飛行機は飛行場へおりた。おいしゃたちが、かけこんできた。「オズマくん！　三日間もよくもたせてくれた！　ありがとう！　おかげで火星から生ワクチンがとどいたよ。ケイちゃんは助かるぞ！」

——飛行場のホールには、大きな字でつぎの広告が——

「二十四時間で世界一周旅行をどうぞ！　いつも太陽が、あなたの頭の上にあります」

脱走指示機

オズマ隊長

ここ南極の、氷にとざされた監獄には、世界じゅうの大悪人たちが入れられて、あじけない囚人生活をおくっている。

オズマがつれてきた、発明狂のカラボッス博士は、おそろしい殺人兵器をかんたんに作る悪人なので、ここへかんきんすることになったのだ。

「ここなら、ぜったいに逃げられませんよ、博士」

そういうオズマを、博士はののしりかえした。

「この青二才(あおにさい)め。わしは、どんなところへとじこめられても、きっとぬけだして見せるぞ」

しかし、日がたつにつれて、博士はだんだんおとなしくなっていった。しまいに、思い出を記録して残したいから、タイプライターをかしてくれといいだした。まい晩、博士はなにやらコツコツ、タイプをいじりまわしていた。

三か月たったある夜、博士はニヤリとわらった。「脱走するチャンスがきたぞ」

タイプライターは、すっかり改造されて計算機のような形になっていた。

「脱走指示機だ。どっちへ逃げれば安全かを教えてくれる機械だ。これでオズマのやつのはなをあかしてくれるぞ」

博士は、こっそりへやをぬけだした。機械のキイをポンポンとおした。しわがれたような声がでてきた。

「十号扉に電流のしかけあり危険。三七号廊下人影なし。安全」

「うまいぞ、調子は上々だ！」博士はどんどんすすんでいった。

「八号見張り所、いま交代ちゅう。安全」

「六号出口、人影なし。安全」

ついに博士は外にでた。氷と雪の世界がひろがっている。

「北へ二キロ、無人ソリあり。安全」

博士は、ニヤリとわらって一歩ふみだし、ハッとなった。

「北って、どっちだ？」

——ここは南極だ。どっちへむいても北じゃないか。どっちの北へいけばいいんだ！　……うしろにせまってくるオズマや監視員の足音をききながら、博士はそこへくずおれてしまった。

機械はいつまでも「北、安全　北、安全」とくりかえしていた。

白い胞子

1

　六月というのにかなり肌寒かった。静寂が一段と冷やかさをそれに加えていた。普段ならキビタキヤノジコの愛くるしい声を耳にするはずのブナの林は、鳥どころか虫の羽音(はおと)すら聞こえなかった。スロープのナナカマドの若木は、細い枝をからませあい、さながらタンプルウィードのようであった。そして一面に密生している例のセイタカソウだけが、ごくわずかに感じるていどの風にも、おおげさにゴワゴワと騒いでみせていた。動くものといえば、この目ざわりな雑草だけであった。沈鬱（ちんうつ）な光景は、すでに数時間も続いていた。もし諸君がさらにここに立ちつくすならば、静寂の中になにか透明なものの変化が、僅（わず）かずつ起っていることに気づかれるであろう。そしてそれは、この原野のはずれの凹（へこ）みに見える黒っぽく冷やかな塊（かたまり）の周囲から波のように広がって行くことも、おわかりになったであろう。その波動は夜明けからひっそりと始まっていて、すでに原野一面を得体の知れないオブラートで包み込んでいた。異様な沈黙は、そのためであった。もっとたんねんに調べれば、そのオブラートに包み込まれた中のそこここに、色の褪（あ）せた生きものの骸（むくろ）を見つけられるにちがいない。

ロベルト・ジエモフ操縦士は、厄介にからみつく雑草の下で、もう長いこと足をなげ出して坐（すわ）っていた。彼は、やっとのことでかすかな流れを見つけ、それを飲もうか飲むまいか迷っているところだった。

水を含んだ綿のように重い手を水にひたし、すくい上げてそっと匂(にお)いを嗅(か)ぎ、あきらめて、濡れた手を頬(ほお)にあて、冷やかな感触に生気をとりもどそうとするかのようだった。次にハンカチを水にひたし、紫色に腫(は)れ上がった脛(すね)を、慎重に拭(ぬぐ)おうとし、ためらって止めた。彼はうらめしげに流れのかたわらに横たわっている、二羽の小鳥の骸を眺めた。小鳥は羽が黒ずんでつやを失い、眼窩(がんか)やくちばしから、白っぽい粉のようなものを吹き出し、ミイラのようにしゃちこばって死んでいた。この水を飲んだ結果であることはわかりきっていた。ジエモフは絶望的に生い茂る雑草に向ってつぶやいた。

「貴様らもその水を吸い上げてやがるのになぜ達者なのだよ？　貴様らは、最後の審判が下る日が来ても、そうやってノホホンと立ってる気かよ？」

　それから彼はのろのろと立ち上がり、何度も繰り返したように、自分を見つけてくれる人間がいないか、ぐるっと見渡し、草をかきわけて歩き出した。

「ここはたしか日本の東北地方とよばれる山地に違いない。日本なら、どんな過疎地域にだって人家の二つや三つはある筈だ」

セイタカソウが尽きた所で、だしぬけに、舗装された道路にぶつかった。

「ひょう、やったぜ！」

ジエモフは、口笛を嬉しそうに鳴らした。すくなくとも、文明社会へのアプローチだった。すでに二、三本の小道には出遭っていたが、落葉や下草の具合から、ほとんど人の気配は感じられなかったのだ。彼は力を奮い起し、鈍く刺すような右足をひきずり、痛みと焦りで呻きながらかけ出した。道路は何度もカーブをし、彼を徐々に麓へ導いてくれているようだった。

しかし、ジエモフは茫然と立ちつくした。

道路はブッツリと切れていた。

橋が壊されていたのだ。何者かの手で、コンクリートの橋が爆破されて、そこで行き止まりだった。

目もくらむような断崖の下に、白く渓流の泡立ちが見おろせた。彼の傷ついた体力で、どうやってあの渓流までおり、さらに対岸をよじ登ることができよう。

そういえば、前に彼が見つけた山道の一つは、たどって行くと、崩れ落ちた岩や土砂で、見事に通せんぼをしていた。その崩れかたは不自然で、どう考えても偶然に道を塞がれたような状態ではなかった。

——ジエモフは封鎖されていたのだ。

封鎖されている理由も、彼は知っていた。

彼が生きている限り、すべての人間社会への道は封鎖されるのだ。

ジエモフは、こみ上げてくる怒りにうなり声を上げて、石を三つ四つ谷底へ蹴飛(けと)ばした。

彼が生きている限り。

いや、のたれ死にしたあとも恐らく……。

何百エーカーか知らないが、この、なんの変哲もない日本の辺境は、強制的に社会と断絶されるにちがいない。

「おれは見殺しか。檻(おり)の中の見殺しの猿って訳か」

ジエモフは呪(のろ)いの言葉をつぶやき、とぼとぼと道路を引き返した。

「やつらは、おれの処置を相談してるんだ。そして結論が出たら、おれを消すつもりか」

——彼は、陰気な面持(おもも)ちで振り返って、

「死ぬ前に、なんとかぬけ出したいもんだ」

——封鎖の外には、彼の味方もいる筈(はず)なのだ。

彼の愛するドロシヤも。

くつろげるベッドも。

あたたかい食事も。そして友人だって何百人もいる。そこへたどりつけば、きっとかばってくれるだろう。

それとも。

もし一切の人間が彼の敵に変っていたら。

それは耐えられない結論だった。

「出発前には、クリーニングラード計画の英雄だったこのおれを……なんだと思ってるんだ」

静寂は一向に変らなかったが、道路の周囲の木立はひらけ、そこに村落があらわれた。すすけた土塀、藁葺(わらぶき)屋根が二つ三つ、日本の田舎(いなか)のどこにでもある小ぢんまりした民家である。

そして、雑貨屋、倉庫。

だが、あるべきものが欠けていた。

車と自転車。

つまり、山村に必要な足である。

村はもぬけのからだったのだ。

ジエモフは、一軒の家を覗(のぞ)いた。

世帯道具は、ほとんどそのまま残っていた。押入や引き出しは引っ掻(か)き廻(まわ)され、無造作に中身が散らばり、避難の狼狽(ろうばい)ぶりが目に見えるようだった。

部屋の中央に仕切った囲いには鍋もかかっていた。ジエモフはタタミの上へ坐(すわ)りこみ、鍋の蓋をあけた。冷えきった汁が底に残っていたのを、彼は、狂ったように杓子(しゃくし)で口へ運んだ。餓鬼(がき)さながらに食べ続けた。

一息つくと、彼の目は、引き出しからたれ下がった赤いものに注がれた。それは女の襦袢（じゅばん）であった。彼はそっとつまみ上げ、黙って見入った。日本の女のキモノか。ドロシヤが、いつか着てみたいと言ってたっけ。こんな時に、くだらぬことを思い出すもんだ。

思い出か。死んだ仲間の顔も、忘れようったって忘れられるもんか。

ペルテク隊長、ボリス・クレチン、ユグレイ、シュルツ、そしてアナトリー・ネルソン。

人のいい奴（やつ）だったネルソン。

彼が一番に死んで行ったのだ。

火星探査を終えて、地球へ進路を向けて百日目だった。

ネルソンは、からだじゅうの穴という穴から白い粉を吹き出し、痙攣（けいれん）しながら死んだ。

ネルソンを解剖（かいぼう）したシュルツ先生は、奴の体内が白い繊維とカビのような胞子でいっぱいだと報告したっけ。そのときの先生の顔色ったらなかった。

　それからあとは地獄絵だった。ユグレイが斃（たお）れ、彼の部屋は密閉されたが既に遅かった。ネルソンと全く同じ死に方だった。隊長はボリスに地球へ非常事態発生の連絡をさせたが、宇宙嵐のせいか、通信は全く支離滅裂（しりめつれつ）だった。そのときには、もうペルテク隊長も、ボリスも、シュルツ先生まで冒（おか）されていたのだ。

　先生は、一種の寄生菌のような生命体だろうと言った。誰かが火星の土の上から、靴かなにかにつけて持ち込んだのだろうか？　完全滅菌のあの慎重な段取りの上では、それは不可能としかいえなかった。火星を離れたあとも、コンピューターによる綿密な艇内の不純物の抽出と分析が繰り返し行われたが、そんな侵入者の形跡はまるでなかったといっていい。

　しかし悪魔はとり憑（つ）いたのだ。

あの火星の死神は、まんまと侵略者の船へ乗り込み、ゆっくりと復讐を始めたのだ。

2

一人、また一人、ロケットから宇宙空間へ死体が遺棄されて行った。今頃、仲間たちは地球と火星を結ぶコースのあちこちに隕石のように固く凍って漂っているに違いない。

そして、最後にジエモフ一人が残ったのだった。

ジエモフは、すでに覚悟はできていた。死に包まれた孤独の中で、彼は待っていた。地球の「クリーニングラード計画」センターの最後の指示を。宇宙嵐は相変わらずはげしく通信を攪乱したが、それでも異常な惨劇の報告だけはどうにかセンターへ伝えることができた筈だった。センターの彼の上司スミスラビヤ大佐は、緊急討議で結論を出すまで、そのままコースを飛び続けるようにジエモフに伝えたきり、通信は再び途絶えてしまった。

彼は、たぶんこういう際の〝NAZ13号〟とよばれる指令を受けとるだろう。

センターとの交信を遮断(しゃだん)し、自動制御に切り替え、予定のコースを外れて太陽面へ向け飛び続けよ。そして、ジエモフはその作業を終了したとき、彼自身の処理をせよ。

彼は、たぶん指令の前に発病するだろうと考え、ほとんど一時間に一度コンピューターの厄介になりながら精密検査を続けた。だが彼は食欲もあったし、死んだ仲間の分まで作業をやり終えても、さして疲労は感じなかった。彼は全くの健康体で、日毎(ひごと)に太陽がその大きさを増して行っても、発病の気配はまるでなかった。最後の場合の一本の注射針は、いつもジエモフの手の届く所にあった。それを横目で見つつ、彼の苛立ちは、ぬきさしならないところまで来た。

「こちらジエモフ、センターの決定はいつまでかかるんだい」

「マダ決定ニ至ラズ」

「冗談じゃない。あと二か月で地球なんだ。いったいお偉方は、なにをモタモタしているんだ」

「現在情報ヲ検討中」

「おれは、もう発病する前に、気が狂ってしまうかもしれんよ。その前に、このちっちゃな注射針の中身をおれのからだにつっこみたいんだ。それで、万事お互いに気楽になるってもんでしょう」

「指令ヲ無視シタ行動ハ厳禁スル！」

ジエモフは、癇癪を起して、上司を出せとどなった。

「大佐！　誰がこの棺桶を運ぶのを妨害しているんです⁉」

「記録ハ中央統合委員会へ行ッテイル。決裁ハ大統領ガ下サレル」

「なぜ中央統合委員会に？　〝ＮＡＺ13〟はセンターの権限で発令することができるんでしょう」

「じえもふ、キミハマダ罹病（りびょう）シテイナイ。キミガ健康カ保菌者カ否カガ明確ニナラヌカギリＮＡＺ13ヲ発令スルコトハデキナイ」

「わかりましたよ。お説の通りおれはこの上なしの健康体だ……しかし、この艇内に例の悪魔がこびりついていることは明らかなんですぜ。これを地球の大気に曝（さら）したらどんなことが持ち上がります？」

「じえもふ、待ツノダ。ワレワレハ大統領ノ決裁以前ニハナニモデキナイ。気ノ毒ダガソノママ飛行ヲ続ケヨ」

こういった調子のやりとりが、何度も続いた。

すでに望遠鏡の視野に、地球のみずみずしい円盤がくっきりと浮かび上がっていた。それを見ると、生きながらえて地球へ帰還したい念にかられ、ジエモフは覚悟が音をたてて崩れていくのを感じた。これでは蛇の生殺し（なまごろし）ではないか、と彼はセンターをののしった。スミスラビヤ大佐も、さすがに気の毒そうに、言い訳がましい通信を送って来た。

「N国ノ探知器ガキミヲ捕エテイル。N国首相ハ大統領ニ賞讃ト祝福ノコトバヲ送ッテキタ」

「それがどうしたっていうんです？」

ジエモフはやけくそになって叫んだ。

「じえもふ、キミハイマヤ世界中ノ注目ノマトナノダ」

「そいつは出発前にも聞きましたよ」

「ダカラ軽率ナ行動ハツツシンデホシイ。ワガ国ノ名誉ノタメダ。ワガ国民全部ノ栄光ヲ、キミハニナッテイルノダ」

「そいつはどうも。しかし、地球に接近しすぎると、もうコースを全面的に変更することは出来ませんよ。へたをすると月へ衝突します」

「中央統合委員会デハ今最終閣議ガ行ワレテイル。決定ハマモナク出ル。出次第ソチラヘ送ル。

トコロデ、健康ノ具合ハドウダネ？」

「逐一(ちくいち)そちらへデータを送っておりますが」

「でーたハ見テイル。キミハアノ病原体ニ冒サレテイナイ可能性ガウント強マッタ。弱気ヲオコスナヨ。サッキノ言葉ハ、健康ヲ祈ルトイウツモリダッタ」

地球の重力圏内に、あと二十日という瀬戸際になって、予想もしなかった通信がジエモフに届いた。

宇宙嵐も静まって、スミスラビヤ大佐の声が手にとるように響いた。それは沈鬱(ちんうつ)な声であり、もしこれが両者にのみ理解される暗号でなければ、ジエモフには、墓地で追悼(ついとう)を述べる神父の祈りの言葉のようにも聞こえたろう。

「じえもふ、大統領ノ決裁ヲキミニ伝エルガ、イイカネ」

「どうぞ」

「ヨク聞クノダ。艇ノ密閉状態ヲヨク確認シ、全自動制御ニちぇんじセヨ」

「目標は？」

「地球ノ太平洋ダ」

「なんですって⁉」

ジエモフは耳を疑った。

「キミハ予定通リノこーすヲ地球へ突入スル。タダシ、着水地点ヲ変更セヨ。東経１４７度２０分、北緯１８度３２分３０秒ノ太平洋上デアル。ココハまりあな海溝ノウチデモトクニ海底が深イ地点デアル。着水ヲ確認シタアト、キミハ自分ヲ処理シナケレバナラヌ。ヤムヲ得ヌ処置ダガ致シ方ナイ。じえもふ、悪ク思ワンデクレ」

「着水できるのに、なぜ、わたしは死ななければならないのですか⁉」

「キミガ健康体カ保菌者カノ確認ハデキナイ。シカモ、キミガ言ウ通リ、艇内ノ病原体ノ有無ニツイテ送ラレタでーたハ不完全スギル。ワレワレハ、艇ヲ密閉シタママ、太平洋ノ海底へ沈メルノダ。ソレニハ、着水ヲ見届ケルキミノ力ガ要ル」

「し、しかし大佐！　それならなぜ、今、いっそ太陽か宇宙空間目がけて、こいつを飛ばさないのです。わたしはそのつもりで覚悟をきめていましたし、その方が完全な処理になる‼」

「じえもふ、『くりーにんぐらーど計画』ヲ成功サセナケレバナラナイ。キミノ艇ヲ、N国ヤ各国ノ探知器ガ追ッテイルコトハ話シタネ？　モシキミノ艇ガソノヨウナ事態ヲヒキオコセバ、『くりーにんぐらーど計画』ガ失敗シタコトガタチマチ全世界ニ知ラレテシマウダロウ」

「それで？」

「知ッテノ通リ、コレハ二十二兆五千万どるトイウ、前代未聞ノ巨額ノ経費ガカカッテイル」

「……」

「コノ計画ニハワガ国ノ威信ガカカッテイル。ソレバカリデハナイ。国民ハコノ巨額ノ出費ニカナリ反発シテイル。ナニヨリモ、軍首脳部ガコノ計画ニヒドク神経質ニナッテイル。コレヲ成功サセルコトハ、ワガ国ノ国際的地位ヲ高メルノミナラズ、どる市場ヲ安定サセルコトニナル。コレガ不成功ニ終ルト、貨幣価値ハ暴落シ、ぱにっくガ起ル可能性ガアル。ナニヨリモ、ワガ国ノ国際的地位ガ崩壊シ、トリカエシノツカヌ事態ヲ招ク恐レガアルノダ。

大統領ハ、ソレラヲヨクヨク考慮サレ、決定サレタノダ。

キミタチガ出発スルト同時ニ、キミタチノめんばートソックリ同ジ替エ玉ヲ、極秘裡（ごくひり）ニ待機サセタ。キミガ着水スルト同時ニ、替エ玉ハ現場ニ急行シ、キミタチノ身代リトナッテヘりこぷたーニ救助サレテ本国へ送還サレル。

計画ハ綿密ニ行ワレル。ワズカナ関係者以外、コノ真相ヲ知ッテイル者ハイナイ。

替エ玉ハソノ後、キミタチカラ送ラレタでーたニ基ヅイテ、公式発表ヲスル。『くりーにんぐらーど計画』ハ大成功ナノダ」

ジエモフはしばらくあんぐりと口をあけて、それから、真っ赤になって交信機に噛（か）みついた。

「じゃあなんですか。わたしが死んでもそれは犬死にで、その代りにわたしの身代りにわたしの名誉をくれてやるって訳ですか!?」

「キミハ犬死ニデハナイ。キミハ死ンデハイナイ。名誉アル帰還ヲシ、ワガ国ノ英雄トシテ生キ続ケルノダ」

「しかしそいつはわたしじゃあないではありませんか！」

「記録ニモ市民票ニモキミハ生キ続ケ、死ヌコトハナイ」

「死んじまった仲間は、そりゃあ生き返るんだからいいでしょう。だけどわたしはまだ生きているんですよ。それも、わざわざ太平洋へ着水させて、自殺させて、身代りがご登場だなんて、わたしは身も蓋もないじゃありませんか！」

「大統領ノ決裁ナノダ」

「わかった。大統領はいま国民の信望が弱まっている。だから、大統領の計画した『クリーニングラード計画』が失敗すると、たちまち不信任で失脚だ。彼自身の保身のためにでっち上げた決定なんでしょう」

「じぇもふ、アマリ不穏当ナ言葉ハ使ワヌ方ガイイゾ」

「大佐殿、わたしは健康体です。わたしを着水と同時に収容して、ほかの替え玉達と一緒にさせて下さい。わたしだけは、本物が勤めてご覧に入れます」

「バカヲ言エ。キミヲソノ艇内カラ出ス訳ニハイカン。艇内カラ大気中ニ菌ガバラマカレタラ最悪ノ事態ダゾ！」

「………」

「ジエモフ、コノヨウナ指令ヲ伝エルコトハ遺憾ダ。ココニ、大統領ノ、キミヘノめっせーじガアル。暗号ニ訳シテ、キミヘノ手向ケトシテ……」

「結構です！」

もう、そんなものは聞く必要もなかった。ジエモフは、センターの指令に従って最後の作業にとりかかることにした。きっかり二十日後に地球の大気圏へ突入したとき、コンピューターは自動的に新しい着水地点に向けて螺旋状に地表へ接近するようにインプットされた。彼はハッチの密閉をたしかめ、舷窓のブラインドをおろし、万一を考えて、艇の沈没と同時に艇内の気圧を水圧と同量に加圧できるようにセットし、さらに、念を入れて内壁を点検した。そして彼は――彼自身の処理プランは、もうでき上がっていた。着水までするというのに、そこで緑の地表を横目で見ながらノドを掻ッ切る馬鹿がいるだろうか。ましてやおれは健康体なのだ。もし着水寸前まで発病の気配がなければ、おれは――おれはカプセルで艇外へ脱出するのだ。

ジエモフは一息入れ、視野に拡がっていく緑色の惑星を眺めながら、ほんの僅か残ったブランデーで自分の健康を祈って乾杯した。

3

いつの間にか、屋内はほの暗くなっていた。日が翳り出して、山間の村にうすら寒い雰囲気が漂い始めた。ジエモフは赤い襦袢を捨て、足をひきずって表へ出た。三時頃であろうか、普段なら野良(のら)から茶を飲みに帰る農夫達の姿が見られたに違いない。軒にひっかかった古い布切れがモゾモゾと揺れ、土塀から剥(は)がれかかったビラの切れ端がピラピラと鳴ったのが、動くもののすべてであった。

ジエモフはまたもや歩き始めた。どの方角が麓(ふもと)なのであろうか。地図の上ではほんの小さな島の集りに過ぎない日本が、こうして二本の足のみを頼りにさまよってみると、なんとも奥深く際限なく、途方に暮れるばかりだった。段々畑をいくつか過ぎ、しなびた野菜の植わった囲いの外を通ると、また木立のスロープへ出た。この調子では、暗くなるまでにここを脱出できそうにもない。暗くなれば包囲にも隙(すき)ができるかもしれない。でなくとも、星あかりで方角もわかるし、灯でも見つければ目標ができる。さもなければ……。

まてよ。

音がする。プロペラだ。

ジエモフは、一瞬、音の方へかけ出そうとし、急いで茂みへ隠れた。

ヘリコプターであった。

彼の敵かもしれない。

機影は山間(やまあい)から真直(まっす)ぐやって来た。カラマツの木立やすすけた藁葺(わらぶき)屋根には、およそ不釣合いな登場者だった。ジエモフはそれが、日本の軍用ヘリであることを知り、直観的に自分を探して射殺するためのものだと悟った。ヘリコプターは幽鬼(ゆうき)のようにフラフラと低くなり、高くなりながら、頭上を越して、彼が来た方角へ飛び去った。

音が消えて静寂が戻って来た。どうにも、やりきれぬような不気味な沈黙であった。なぜもこう、小鳥も虫も身(み)をひそめているのだろうか。彼等(かれら)は霊感で、これからどんな恐怖に充ちた異変が起るかを察して、とっくに逃げ去ったのかもしれない。おれにもその霊感があれば、とジエモフは苦笑した。封鎖した連中が何を考え、おれに何を仕掛けるのか、せめて判(わか)ったら。

ジエモフはそろそろとスロープをおりて行った。密生するブタクサのからみあった葉に悩まされながら、彼はさっと谷底の川原におり立った。水はなく、ひからびた苔(こけ)や岩茸(いわたけ)が小石にはりついていた。ヘリコプターはこの川原に沿って上って来たのだ。この下流も封鎖されているのだろうか。封鎖されているとすれば、軍隊が銃を構えて彼を待ち受けているのかもしれない。

そういえば、五十メートルほど先の石の陰にいるのは誰だ！

「おーい」

ジエモフは用心深く呼んだ。

「人間なら返事しろよ！」

（未完）

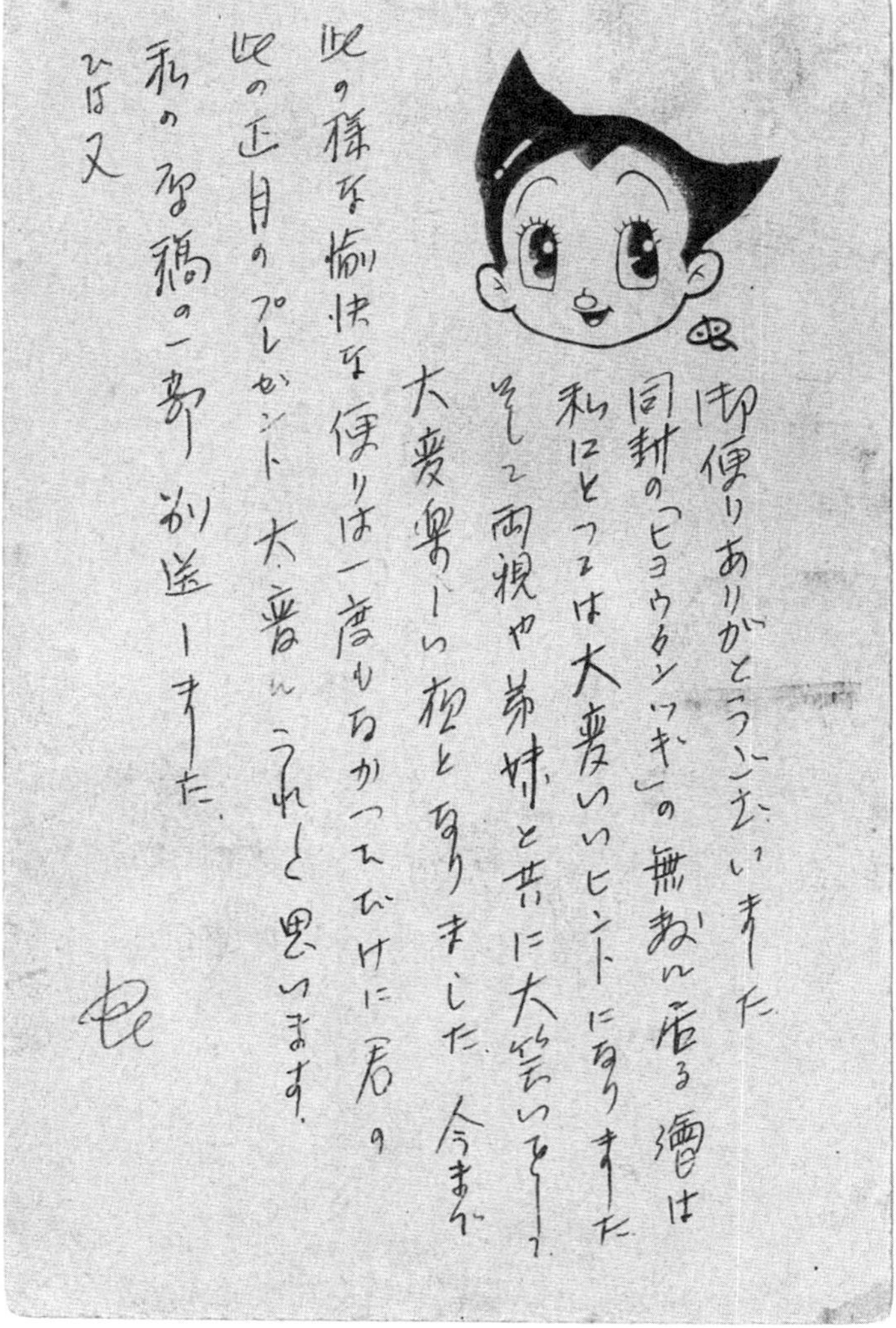
御便りありがとうございました
同封の「ヒョウタンつぎ」の無数に居る漫画は
私にとっては大変いいヒントになりました
そして両親や弟妹と共に大笑いをして
大変楽しい一夜となりました　今まで
此の様な愉快な便りは一度もなかっただけに君の
此の正月のプレゼント　大変うれしく思います
私の原稿の一部　別送しました
では又

ファンレターへの返信（1959年1月19日付け消印）

◉おことわり

・自筆原稿の明らかに誤記と思われる箇所および難読箇所を（　）で示し修正しました。
・「踊り出す首」の旧漢字表記は原文どおりとし、読みを付しました。また、旧仮名遣いは新仮名遣いに改めました。

◉初出一覧

妖蕈譚―――1986年9月30日光文社発行『キノコの不思議』所載
踊り出す首―――1943年11月20日六陵昆蟲研究會發行『昆蟲の世界 3』所載
S・F・Fancy Free　うしろの正面―――1963年4月号『ＳＦマガジン』掲載
S・F・Fancy Free　そこに指が―――1963年6月号『ＳＦマガジン』掲載
傍のあいつ―――1962年10月号『小説中央公論』掲載
おたふく―――1972年9月15日発行『ビッグコミック増刊号』掲載
あの世の終り―――1967年6月号『話の特集』掲載
ハッピーモルモット―――1962年1月1日付『日本読書新聞』掲載
S・F・Fancy Free　七日目―――1963年10月号『ＳＦマガジン』掲載
治虫夜話 第１夜 不条理スリラーなるもの
―――1959年7月1日日の丸文庫光映社発行『影 第33集』掲載
治虫夜話 第２夜 舞台上のスリラー
―――1959年8月1日日の丸文庫光映社発行『影 第34集』掲載
ハガキの怪談―――1959年10月23日鈴木出版発行『X 第4号』掲載
日本一のおばけ屋敷―――1959年東光堂発行『炎 第２集』掲載
姿なき怪事件―――1959年東光堂発行『炎 第１集』掲載
毒殺物語―――1959年東光堂発行『炎 第３集』掲載
オズマ隊長　ペット―――1961年8月13日付『産経新聞』掲載
オズマ隊長　空港の決闘―――1961年8月20日付『産経新聞』掲載
オズマ隊長　投石―――1961年8月27日付『産経新聞』掲載
オズマ隊長　二つの顔
―――1961年9月3日、9月10日、9月17日『産経新聞』掲載
オズマ隊長　長い長い昼―――1961年9月24日付『産経新聞』掲載
オズマ隊長　脱走指示機―――1961年10月1日付『産経新聞』掲載
白い胞子―――1977年（未発表）

手塚治虫　てづか・おさむ

１９２８年11月３日大阪府豊中市生まれ。５歳より兵庫県宝塚市にて過ごす。大阪大学医学専門部卒。１９４６年「マアチャンの日記帳」でマンガ家としてデビュー。翌年発表した「新宝島」等のストーリーマンガにより戦後マンガ界に新生面を拓く。著書『手塚治虫漫画全集』全４００巻他。１９６２年「ある街角の物語」でアニメーション作家としてデビュー。翌年放送開始した国産初のテレビアニメ「鉄腕アトム」によりテレビアニメブームを巻き起こす。実験アニメーションの分野でも海外で受賞多数。１９８９年２月９日没。

樹立社大活字の〈杜〉
手塚治虫　ＳＦ・小説の玉手箱３

ヒョウタンツギ

二〇一一年五月二十日　初版第一刷発行

著　者　手塚治虫
発行者　林　茂樹
発行所　株式会社 樹立社
〒２２５－０００２
神奈川県横浜市青葉区美しが丘二―二〇―一七
電話　〇四五―五一一―七一四〇
印刷・製本　株式会社東京印書館
監修者　森　晴路
装丁者　髙林昭太

造本にはじゅうぶん注意しておりますが、万一、落丁、乱丁などの不良品がありましたら、小社営業部あてにお送りください。送料小社負担にてお取りかえいたします。
全５巻　分売不可

ISBN978-4-901769-53-2 C0393